EUGÈNE DE GROOTE

comme ... ...

894

ISLAND

8 Eaux-f...
PAR
D. DE HA...

BRUXELLES
SOCIÉTÉ BELGE DE LIBRAIRIE
Société anonyme ancienne Maison Goemaere
OSCAR SCHEPENS, Directeur, 16, rue Treurenber...

PARIS
Victor Palmé, éditeur
76, rue des Saints-Pères.

GENÈVE
Henri Trembley, éd...
Corraterie, 4.

ISLAND

Du même auteur :

LOCHS ET FJORDS

En préparation :

AU CAUCASE

ISLANDAISE

EUGÈNE DE GROOTE

ISLAND

8 Eaux-fortes

PAR

DANIËL DE HAENE

BRUXELLES
SOCIÉTÉ BELGE DE LIBRAIRIE
(Société anonyme) ancienne Maison Goemaere
OSCAR SCHEPENS, Directeur
16, rue Treurenberg, 16

PARIS | GENÈVE
Victor Palmé, éditeur | Henri Trembley, éditeur
76, rue des Saints-Pères. | Corraterie, 4.

1891

NOTE

Les frontons et culs-de-lampe reproduisent des dessins relevés au musée de Reykjavik sur des boîtes en bois sculpté, des bois à repasser et des planches en os de baleine ou en bois pour retenir les couvertures de lit.

A

Mon Ami

&

Compagnon de voyage

JOSEPH de BAY

Quand j'étais jeune
J'ai beaucoup voyagé.
Lorsque j'avais trouvé
Un compagnon de voyage,
Il me semblait que j'étais
Assez riche.
L'homme fait
La joie de l'homme.

HAVAMAL (POÈME SCANDINAVE).

EN ROUTE

« Aimes-tu le ténia? »

C'est ainsi que le 25 du mois de Juin 87, à dix heures du matin, j'accostais mon compagnon de voyage, à bord du paquebot Ostende-Douvres.

Lui, croyant qu'il s'agissait de goûter un plat drôle, quelqu'excentricité nationale, comme nous avions l'habitude de faire, souriait.

« Aimes-tu le ténia ? » lui dis-je avec insistance, et voyant alors qu'il retournait de quelque chose plus grave, d'une décision importante à prendre, il devint sérieux et dans le beau livre de Jules Leclercq, ce livre si complet et si intéressant sur l'Islande, je lui lus les lignes suivantes : « A ces causes de maladie, il faut joindre leur pauvre et malsaine alimentation, qu'une nature avare ne leur permet pas de varier : leur sol déshérité leur refuse presque complètement cette nourriture végétale, si nécessaire à l'économie; leur goût dépravé pour les aliments rances, l'abus qu'ils font du mouton fumé et du poisson séché, engendrent de dégoûtantes maladies cutanées et l'horrible lèpre. L'hépatite chronique, cette inflammation du foie si fréquente dans les pays chauds et si rare dans nos pays tempérés, où elle diminue à mesure qu'on avance dans le Nord, reparait de nouveau en Islande, et, par une étrange anomalie, y règne avec une intensité inconnue, même dans les contrées équatoriales.

Un médecin danois, M. Thorstensen, qui a pratiqué en Islande pendant 20 ans, a calculé qu'un Islandais sur sept est affligé de cette maladie; le professeur Eschricht de Copenhague, estime que

8

le sixième de toute la population en est atteint et y succombe en partie après de longues et atroces souffrances. Cette affection est causée chez les Islandais par l'échiconoque, sorte de ténia très commun chez les chiens du pays.... »

Et voilà ce qui nous faisait peur, en Islande. Ce n'étaient pas le froid, ni les nuits dans la tente, car nous étions munis de gros vêtements d'hiver ; ce n'étaient pas les torrents, nous avions de longues bottes de marais déjà mises à l'épreuve; ni le régime alimentaire, ayant un fusil pour tirer du gibier, ni les longues journées de selle, auxquelles on s'habitue vite. Non, toutes les fatigues, les privations peut-être, cela entraînait vers l'Islande, comme ajoutant au charme du voyage un petit brin d'inconnu, un attrait viril, qui pimente et relève le plaisir de s'en aller et de voir.

Mais cet ennemi minuscule et insaisissable, tapi au bord d'un bol de lait, abrité dans les replis du mouton fumé, toujours présent et invisible, sans possibilité d'éventer le danger et de se mesurer avec lui, cela nous faisait peur et le cœur se soulevait, l'estomac se contractait, à la seule pensée de ces choses sales. Depuis nous n'y avons plus songé.

Nous étions d'ailleurs très curieux de voir

l'Islande. Cette île lointaine perdue dans l'Océan exerce une attraction empoignante, et nous avions décidé de laisser derrière nous, tous nos préjugés et toutes nos habitudes de civilisation, afin d'avoir des impressions vierges et exactes ; mais ce sont là des résolutions insensées, des propos inconsidérés, car l'homme transporte avec lui ses habitudes et ses préjugés, et c'est seulement à force de pénétrer les choses inconnues et nouvelles, de s'en assimiler intimement l'esprit qu'il parvient à les comprendre.

Nous attendîmes très longtemps notre bateau à Edimbourg, ne sachant qu'une chose, c'est que nous étions là pour aller en Islande et que nous voulions y aller. Le « Camoëns » était, parait-il, bloqué dans les glaces. Aujourd'hui encore, lorsque je pense à ces journées fastidieuses, il me semble que j'entends sonner à mon oreille, ces harmonieuses paroles « blocked in ice » que l'agent du bateau nous disait flegmatiquement.

Il fallait cependant s'en aller, il fallait partir. Quel malin plaisir auraient eu nos amis de nous voir revenir tout penauds, quelle bonne aubaine pour les railleurs, toujours prêts à tourner en ridicule les déconvenues du prochain?

Tous les jours nous faisions le pèlerinage

d'Edimbourg à Leith, pour avoir des nouvelles de notre bateau. On se rencontrait chez l'armateur avec deux ou trois Anglais, étant comme nous dans les transes de l'attente.

« *Blocked in ice,* messieurs, *blocked in ice!* »

Mélancoliquement, et sans trouver une parole, chacun regardait la carte d'Islande, fixée au mur par quatre punaises, et reprenait lentement le chemin de la ville pour y tromper l'ennui. Chaque jour le refrain devenait plus résigné, et, vers la carte, vers cette mer bleue qui encerclait le contour de l'Islande et où le « Camoëns » était censément arrêté, les regards étaient plus sombres.

Déjà, quelques uns parlaient de renoncer à l'excursion pour aller en Norvège; les plus décidés disaient : « Partir, il faut! par tout moyen! » et se raffermissaient par des poignées de mains, silencieusement.

Le « Miaka » venait d'arriver d'Islande. C'était un méchant petit bateau qui devait retourner là-bas, et, promettait de joyeuses cabrioles sur les vagues. Il y avait deux lits et nous décidâmes de nous embarquer sur lui, pour la côte de l'Est; mais au moment du départ lorsque les malles étaient prêtes et que nous sentions déjà cette fiè-

11

vreuse joie de partir, qui vous empêche de dormir la veille de l'appareillage, on contremandait le départ. L'armateur avait décidé d'équiper et d'envoyer en Islande « l'Anglia, » un grand steamer filant beaucoup de nœuds. Déjà plusieurs passagers avaient défailli, mais on se retrouvait à quelques uns et l'on partait pour la côte de l'Ouest. — C'étaient comme pour le « Miaka » les mêmes préparatifs, la même allégresse. Le jour du départ nous recevons un télégramme. On avait enfin des nouvelles du « Camoëns, » Il venait d'aborder, sans avaries, le Nord de l'Ecosse. « L'Anglia » ne quitterait pas le port.

Nous traînâmes ainsi jusqu'au Samedi, 2 Juillet, huit longs jours, avec la crainte de ne plus partir jamais. Enfin, vers le soir, quelques passagers étaient réunis sur le pont ; le remorqueur chauffait à une encablure ; l'équipage échangea des poignées de main avec des gens quelconques, mais des poignées de main plus vigoureuses qu'on n'en donne pour les appareillages vulgaires, car elle est loin la Terre de Glace ; la mer tout autour joue parfois sa folle musique de tempête et les vagues dansent des sarabandes macabres.

Le lendemain, vers le soir, les côtes de l'Ecosse

12

qui étaient restées à l'horizon, se terminèrent brusquement par une arête de rochers sauvages. Trois pics très hauts, se dressent dans la mer à quelque distance de la côte, l'un affectant la forme d'une aiguille, l'autre d'une tour ruinée, et, derrière les vagues montant en longs panaches d'écume et retombant comme impuissantes, mais qui reviennent à l'assaut, toujours alertes, infatigables et grondantes, une longue muraille de côtes, fantastiquement découpées avec des trous noirs, des grottes profondes. Comme si l'Ecosse tournait vers cette mer perpétuellement courroucée son rempart le plus sauvage.

C'était là, que nous vîmes deux mois plus tard, en traversant le golfe de Pentland, si terrible par un courant marin, tumultueux comme un torrent de montagnes, un magnifique vapeur qui s'était collé pendant le brouillard, contre un récif. Nous étions onze passagers au départ, mais à l'heure des repas beaucoup manquaient à l'appel, et, lorsque le garçon venait agiter la sonnette du diner, un Anglais qui ressentait alors plus vivement son infortune, mais n'osait affronter la vue des « violons » disait comiquement : « voilà le glas qui sonne. »

Au départ, on s'était accosté avec la phrase

13

classique : « *Are you a good sailor?* » « N'avez-vous pas le mal de mer ? »

Les plus courageux, pour se donner une contenance et faire le brave descendaient : mais ils étaient à peine assis, qu'ils regardaient avec inquiétude vers la porte, trouvant que le garçon se faisait attendre. Après le premier service, ils étaient ratiboisés.

Toujours le même vent du Nord, la même marche du navire vers le N.-O. la même mer dévalant en longues vagues.

Le seul événement qui ait marqué ces cinq jours de mer, c'est qu'un jour, le troisième sans doute, tout l'équipage fut sur le pont, tous ceux qui n'avaient pas à prendre part à la manœuvre du bateau, depuis le mousse jusqu'au premier compagnon, en quête de peinture, ayant à la main une brosse agressive, attaquante, avec des airs de chercher ce qu'ils pourraient bien colorer encore. Le navire entier y passa, toutes choses furent mises en couleur selon les procédés du marin, avec les tons qu'ils emploient sur tous les bateaux : des boiseries blanches, des fers rouges et verts. Ils y allaient gaîment, brossant de larges coups de brosse de leurs mains nerveuses, couvrant de grandes

14

superficies en deux tours de poignet ; et, quelques uns à genoux, avec des pinceaux plus fins et plus longs, peignaient avec receuillement des ferrailles plus délicates, des jointures moins massives ; on voyait que ce travail n'allait pas à leurs rudes mains et absorbait toute leur attention.

De la passerelle, le capitaine jetait parfois un regard de complaisance sur son bateau, qui redevenait propre et jeune.

Ce fut d'abord du blanc — puis du noir et du brun, et à tout moment on voyait descendre un passager, s'étant appuyé au bastingage, ayant heurté son chapeau contre une corde, ayant glissé par le roulis contre la cabine. C'était à chaque mouvement une lèche blanche ou brune, et tous les passagers s'étant fait nettoyer, sentaient la térébenthine tout plein, — mais le grand air de mer eut bientôt fait de purifier.

Le Mercredi matin, je montai sur le pont, à sept heures, et, je vis à l'horizon une masse blanche se dresser. « *Iceland!* » me dit l'homme de quart.

Islande! me répétai-je, en moi-même, avec ce bonheur d'homme qui atteint le but. Avoir rêvé et tenir son rêve dans sa main, sans qu'il puisse s'échapper, quel bonheur! Au-dessus de la mer,

15

au fond de l'horizon, se dressait la pointe du Nêvé du Désert, (1) toute blanche avec des reflets jaunes sous le soleil. Le ciel était pâle et gris, comme un ciel d'aurore avec des trous bleus que les nuées venaient boucher au passage ; quelques moutonnements coupaient la mer de taches blanches ; le bateau roulait malgré tout, comme si, sous ces eaux en apparence inoffensives il y avait une mystérieuse puissance de mouvement et de colère. Les vagues se creusaient un peu et se repliaient doucement en volute blanche, comme dans un jeu, mais on sentait qu'il y avait de la vie dans cette eau, qu'un peu de vent pouvait creuser les ornières en abîmes, tourner les volutes en montagnes. On voyait que jamais cette mer n'est tranquille, se remettant d'une bourrasque ou en préparant de nouvelles, et dans le monstrueux dévalement des vagues vertes on percevait encore le rythme et la mélopée sauvage de la tempête.

Parfois une longue trainée de lumière barrait la mer d'une lueur blafarde et jaune. Et là-bas, à droite, se dressait l'Islande, non pas, telle qu'elle est dans son ensemble, coupée de laves, de déserts noirs ; mais une Islande hyperborée et fantastique.

(1) Orœfa Jokull.

16

Par un hasard de la réalité, une Islande qui correspondait à l'Islande des rêves, cette terre désolée, lointaine qu'on s'imagine dans la première jeunesse, — un îlot de glace perdu dans la mer, car ce qu'on en voyait c'était seulement la partie la plus inaccessible, la cîme de l'immense Névé du Désert. Et elle se dressait, telle qu'on se la représentait dans l'enfance, une masse toute blanche de glaciers, que la mer battait.

Plus tard l'Islande disparait de l'horizon et les îles Westmann surgissent. C'est un amas de rochers basaltiques, abrupts, dressant des aspérités rugueuses sous un ciel de cendre; paysage d'horreur et d'écrasante tristesse, où, la mer de mercure et de plomb fondu, monte en grosses vagues livides pour s'épanouir sur les rochers en gerbes écumantes et rageuses. Toujours la tempête gronde autour de ces îles et leur caractère sauvage a donné naissance à bien de légendes.

Nous nous en sommes laissé conter une en Islande :

La peste ravageait toute l'île, les animaux périssaient, les habitants mouraient. Un magicien, grand faiseur de sortilèges, s'enfuit aux îles Westmann emmenant avec lui un jeune homme du pays. Ils y

17

vécurent en dehors de l'atteinte du mal et lorsque
le magicien présuma que la peste ne règnait plus, il
dit à son compagnon : « Va voir, si le mal règne
encore et reviens m'apporter des nouvelles avant
trois jours. Si tu n'es pas revenu dans trois jours
il y va de la vie pour toi, car mes maléfices pourraient t'atteindre, quand bien même tu serais caché
dans les entrailles de la terre. »

Le jeune homme partit avec le ferme propos de
remplir fidèlement sa mission. Il aborda l'île mais
en s'avançant dans les terres, il ne trouvait personne
pour causer ; les fermes étaient vides de leurs
habitants. Il erra ainsi deux jours et deux nuits à
travers les champs de lave et dans les vallées
désertes. Vers le soir il atteignit une ferme et sur le
seuil se trouvait une jeune fille d'une admirable
beauté qui vint vers lui ; ils se regardèrent un
instant pris d'une même émotion et la jeune fille lui
dit alors : « Jeune homme, je suis seul dans ce
pays ; il n'y a plus d'hommes. Reste avec moi,
nous nous aimerons tous deux. »

Elle, semblait très joyeuse de le voir : lui
demeura, oubliant sa promesse.

Un jour se trouvant sur le lit l'un à côté de
l'autre, ils entendirent une voix terrible qui disait :

« Je viens demander compte de ta mission, jeune homme » et sur le seuil de la porte, maintenant ouverte, le sorcier se dressait.

Le malheureux tremblait, il se serra contre sa bien-aimée et ramena l'édredon sur sa tête.

« Ne crains pas » dit la jeune fille, et s'adressant au hargneux mystificateur : « Est-ce que ton pouvoir est grand, et pourrais-tu m'en donner des preuves ? »

« Très grand, » répondit le magicien, fier d'étaler son savoir-faire, « et avant de faire périr celui que tu aimes, je t'en donnerai la preuve que tu voudras. »

« Alors, » dit la jeune fille, « deviens si grand que tu remplisses toute cette maison. »

Aussitôt il se répandit dans toute la ferme une odeur acre et sulfureuse, une épaisse vapeur qui s'infiltrait dans les fentes les plus étroites de la cloison. Le parjure se cramponnait à sa bien-aimée, et voyant ce merveilleux pouvoir disait en claquant des dents « Nous sommes perdus. »

« C'est très beau, » dit la femme, et prenant à son rouet un bois creusé d'un trou dans lequel les femmes mettent le fil « Saurais-tu maintenant devenir petit, si petit que tu puisses entrer là-dedans ? »

.19

La vapeur se concentra en une chose mince, très dense, qui pénétra dans l'orifice et aussitot la jeune fille l'enferma en mettant le tampon dessus, et dédaigneusement, le fut déposer dans un coin.

« Maintenant aimons-nous ! le vaniteux sorcier enfermé dans son coin, ne peut plus nous poursuivre de sa vengeance. »

Et le jeune homme l'embrassait avec des larmes de joie, s'émerveillant que l'amour fût plus ingénieux que la magie.....

Peut-être cette légende semblera-t-elle une histoire de vieille femme, bonne à raconter aux petits enfants. Elle donne cependant le caractère naïf et superstitieux de ces récits ; surtout elle présente une tendance commune à d'autres légendes islandaises : la vanité des habitants qui se plaisent à proclamer l'intelligence de leur race.

Ainsi y a-t-il la très populaire : « Légende de l'école du diable. » La morale de l'histoire est, que les jeunes écoliers islandais sont plus malins que le démon.....

Vers le soir, nous entrons dans le Fiord de Faxi. (1) L'Islande se dessine sous le soleil en teintes neutres dégradées comme un lavis d'aquarelle ; les bases

(1) Faxafjordr.

20

sont effacées par un léger voile de brouillard
très fin, qui monte de la mer. Seules les cîmes se
marquent sous le ciel, comme l'ébauche d'un
monde, comme l'imagination et le concept primitif
de ce qui doit être. De l'autre coté, les mêmes
contours apparaissent baignés dans une lumière
d'or, un or très fin et transparent, et les côtes sont
seulement des tranches d'or plus opaques, plus
denses, comme le travail d'un orfèvre cyclopéen.

REYKJAVIK

Le lendemain matin, nous sautons sur le pont;
le steamer est à l'ancre devant la capitale. Très
drôle à première vue, cette capitale. Au fond d'une
petite baie tranquille, quelques maisons de bois
sont rangées, et le premier aspect est absolument
le même que celui des grands villages norvégiens
perdus dans l'intérieur des fiords.
Je cherche parmi les insulaires qui viennent
nous accoster en barquette, Geir Zœga le chef des
guides d'Islande, et pour un chef de guides, je
m'étais imaginé un gaillard rablé, nerveux, vif. Je

21

voyais bien une manière d'américain, avec de longs
favoris roussâtres, une figure placide et sur le bout
du nez trois longs poils roux, très raides, qui du
premier abord, m'avaient indisposé à son sujet. Je
me disais « Il n'a pas l'air follichon pour un
compagnon de voyage, ce gentleman-là » et je
m'informais auprès de tout le monde, si Zœga était
sur le pont.

« Le voilà » me dit quelqu'un, je suivis son geste
et Zœga, mais ! c'était mon Américain, un homme,
d'ailleurs bon comme du pain et qui avait été le
guide du roi de Danemark aux Geysirs. Il devait
nous procurer un guide et des chevaux, mais
tandis qu'il discutait ces arrangements avec solennité, on ne pouvait détacher les yeux de ces trois
poils roux et raides.

Tous les habitants de Reykjavik avaient arboré
leur drapeau, comme d'habitude, lorsqu'un bateau
entre dans le port. C'était la bannière danoise, rouge
avec une croix blanche, un drapeau norvégien, les
couleurs françaises, et puis aussi, la belle bannière
de l'Islande, qui convient si bien à ce climat pâle,
la bannière des Vikings, toute d'un bleu clair avec
le faucon blanc des montagnes.

Les étoffes pendaient le long de la hampe d'une

22

façon funèbre et toute la petite ville semblait dormir d'un sommeil de momie. Je ne sais si cette première impression était exacte, j'ai beau y songer de loin, la raisonner. Je me demande si j'étais dans le vrai la première fois, sortant des grandes cités, des réunions tumultueuses d'hommes, des livres raffinés et que la petite ville avait semblé inculte et primitive ; ou bien après un long tour à travers les déserts d'Islande, après n'avoir vu pendant plusieurs semaines aucune agglomération de maisons, vivant d'une vie toute simple et que la capitale semblait avoir des proportions plus vastes, des rues longues, des maisons hautes et confortables et réunir en abrégé tous les charmes de la civilisation.

C'est difficile à dire, car la joie et la civilisation humaines sont choses si relatives.

La barque aborde un long couloir en bois où circulent des gens portant des faix de morues salées, d'un air affairé ; puis ce sont des groupes devant lesquels on s'arrête : groupes de chevaux tassés contre le mur, petits poneys hirsutes encore, avec un air négligé, à cause du long poil d'hiver qui n'est pas complètement tombé, la crinière hérissée, la queue pendante, l'œil très doux, très patient, car les bêtes comme les hommes ont tout leur caractère dans le regard; parlotes d'hommes ayant au premier aspect le type des marins de tous les pays du Nord : rudes, gercés, avec des allures de nonchaloir; femmes dont au premier abord on remarque surtout le costume. Elles passent très droites, avec une allure assez dégagée. Leurs cheveux blonds pendent en tresses sur le dos; un petit bonnet noir, comme la coiffure des femmes grecques, est attaché au sommet de la tête et se termine par une longue floche de soie noire retenue par un anneau d'argent.

Dans le corsage de couleur sombre, une échancrure s'ouvre en forme de fuseau laissant voir une chemisette toute blanche. Les lignes sont élégantes et un tablier haut en couleur, rouge, vert ou jaune avive tout le costume.

Nous avons fait l'une rue de Reykjavik, puis une autre, puis une troisième et comme nous retombions toujours dans les mêmes passages après avoir pris une vue d'ensemble de l'église, misérable chapelle décorée du nom de cathédrale et desservie par un évêque; du parlement, un bâtiment carré en pierres de taille, ayant l'apparence banale d'une maison de maître de province, nous sommes rentrés à l'hôtel.

24

Encore trois heures d'attente, la pluie qui tombe et nos imperméables qui sont sur le bateau! Alors, j'ai honte de l'avouer, tellement ça patauge en pleine prose, nous avons ignominieusement passé ces premières heures d'Islande, l'Islande qui avait hanté nos rêves et allait nous coûter des fatigues. Après avoir requis un jeu de cartes, entre quatre murs froids et banals de petit hôtel, on aurait pu se croire dans n'importe quelle bourgade ennuyeuse du continent, jouant un écarté pour tuer le temps et sirotant une limonade quelconque.

LA CÔTE DE L'OUEST.

Enfin le « Camoëns » donne le signal du départ. Nous nous rendons à cinq sur le steamer, tous heureux d'échapper à cette obsession de petite ville, et doucement, il file dans une mer devenue très calme, devant des épaulements abrupts et nus, mais voilés d'une lumière bleuâtre qui en atténue la rudesse.

De toutes parts la mer est grise, incommensurablement profonde, touchant le ciel. Nous avons le cap sur la Montagne de Neige ; (1) elle s'élève du milieu des flots comme le Righi de Suisse, mais un Righi qui serait couvert de neige jusqu'au pied. La crête se sépare en deux sommets dont la pointe reste toujours noire, comme si elle était chaude encore. La mer a des reflets métalliques, sous un soleil qui se trouve encore très haut sur l'horizon. Juste au-dessus du Nêvé, au milieu des nuages teintés d'ocre, il y a une place plus lumineuse, plus claire derrière laquelle doit se trouver le soleil, car vers cet endroit le rebord des nues est frangé d'or et du haut de ce rayonnement, de ce splendide accord du ciel, il descend sur le faîte de la montagne une auréole lumineuse qui l'éclaire par le dessus et se répand doucement par degrés jusqu'au pied ; et dans la mer, du bateau à la montagne, continuant le même accord de lumière dorée, une longue trainée éblouissante. Puis tout s'efface et c'est encore la même Islande fantastique que l'on revoit comme dans un rêve insaisissable, que depuis plusieurs jours nous voyons surgir à côté de nous, comme si le navire avait mis le cap sur quelque chimère qu'on ne pourrait atteindre.

(1) Snœfells jökull.

Il peut être onze heures. La montagne sort du brouillard comme d'un nimbe d'or, le soleil qui se couche teint le ciel de couleurs splendides; mais ces pourpres et ces rouges si rutilants en d'autres pays sont atténués d'une façon très douce, tandis que de longues draperies de gaze rose flottent dans le ciel.

Au pied de la montagne se détachent, en masse sombre et rugueuse sur cet ensemble transparent, deux rochers de basalte, tout noirs dans des attitudes fantasques; ils ont quelque chose d'humain : on dirait deux spectateurs impassibles et infrangibles, qui assistent au mouvant spectacle des flots, à la changeante féerie du ciel, ou quelque ruine bâtie de main d'homme. Et ces rocs durs, nus, sombres, avec leur sentiment d'humanité ont un air désolé comme la destruction, la ruine et le massacre, au milieu de ce paysage énorme, de cette vision démesurée et tranquille d'un monde primordial.

L'accord devient toujours moins éclatant, sans qu'il cesse un instant de faire complètement clair; par ce temps calme les nuées gardent leur place, la montagne ne change pas d'aspect, les draperies de brume rose flottent immobiles dans l'éther, et le merveilleux coloris pâlit davantage,

28

MONTAGNE DE NEIGE

pâlit, comme d'un décor derrière lequel on éteint lentement la lampe. Alors, très doucement, la teinte devient un peu plus chaude, on dirait une légère injection de lumière qui par degrés ranime le paysage, et l'irradiation de l'aube s'est mêlée sans secousses aux splendeurs du coucher.

Le matin en relevant la capote du hublot que nous avions l'habitude de baisser la nuit, pour n'être point incommodés par le jour, une magnifique lumière vint illuminer tous les détails de la cabine, et au dehors, tout à l'entour, c'était un admirable paysage que le soleil éclairait.

A grand fracas, un Anglais encombrait la chaloupe de ses engins de pêche.

« Allez-vous aux Geysirs? » que nous lui dîmes.

— Ah! non! c'est très joli, mais je ne suis pas en Islande pour les Geysirs; je suis en Islande, pour le saumon. »

— Eh bien! alors, nous vous souhaitons « *good sport*, » beaucoup de poissons! »

— Merci, merci, crie-t-il en brandissant une canne à pêche, avec un superbe geste d'enthousiasme, ah! oui, beaucoup de poissons, « *good sport!* »

Nous l'avons retrouvé au retour. Il avait pris quantité de saumons et des multitudes de truites,

29

mais depuis longtemps qu'il caressait ce rêve de venir pêcher en Islande, il s'était imaginé de rencontrer des saumons, gros comme de petites baleines, et les truites aussi nombreuses que les harengs.

Il avait un air de Jérémie alors, et s'abîmait en d'absconses pensées. Malicieusement, nous allions lui demander, s'il avait pris beaucoup de saumons et quels districts étaient les plus poissonneux.

Un moment, il nous considérait d'un regard qui revenait de loin, des plus intimes et des plus sombres souffrances de son être; sa bouche avec une indéfinissable expression de mélancolie et de lassitude laissait tomber ce glas: « *Bad sport! Bad sport!* » Et sans qu'on put en tirer une autre parole, il se replongeait dans son malheur, dans sa désespérante contemplation, comme un fakir qui retourne à son nombril. Parfois, assis solitairement sur le pont, il feuilletait avec lenteur un vaste carnet, où sur des feuilles de parchemin, étaient fixés des hameçons de toutes les grandeurs, des mouches de toutes les couleurs, les unes jaunes ou rouges, d'autres en forme d'insectes et de papillons; il en carressait quelques unes, les regardait avec complaisance, ou bien contemplait longtemps un hameçon cassé, auquel un saumon de grande taille avait été mal pris.

Et toujours, ainsi, il retournait le fer dans la plaie vive, comme un amant passionné et déçu. — Ce que les uns souffrent pour une femme, désespérément, les autres le ressentent pour une truite saumonée. —

Au milieu de la baie de Stykhisholmr, — ancien cratère du volcan submergé — se dresse un énorme rocher de basalte aux colonnes serrées, brunes, luisant net aux cassures, gardant à travers toutes les intempéries du climat, sa dureté première, et, le soleil qui rayonne comme aux beaux jours d'été chez nous, accuse bien les angles droits et abrupts, les arêtes saillantes, mettant de la vie dans toute cette colonnade.

Deux goëlettes se balancent au repos — le calme et l'immobilité après les longs appareillages ; et, tout autour le fiord se perd en petits lacs, en trous bleus parsemés d'îlots de basalte abrupts et grimaçants sur lesquels les oiseaux volètent. Du coté de la terre, l'horizon est fermé par des montagnes et des nêvés, qui se dressent comme une barrière entre cette retraite tranquille et le reste du monde.

La petite ville s'étend au bord de la mer, sur la pente des rochers, en huttes basses et pittoresques.

Dans le haut, c'est partout du roc nu, de la lave qui s'étale par plaques, émerge en pointes. Dans les ravins il y a de petites prairies d'un vert tendre, où des Islandaises en corsage rouge, fanent d'un grand geste calme. Elles mènent dans ce coin perdu, une vie de patriarches, une existence d'une monotone mélancolie, dont le charme s'impose avec suggestion, au voyageur lointain qui a mené une vie enfiévrée. La nature semble s'y receuillir dans le calme des premiers jours de l'existence. Sur ce sol privé de toute végétation, le vent passe sans agiter aucune feuille d'arbre, les ruisseaux coulent sans murmures sur les pierres nues, et, dans le bas, vers les prairies, les pas de l'homme s'étouffent sur la souple fondrière comme sur un moëlleux tapis de Smyrne. Parfois, une douce et suave voix de femme vous arrive de loin, un jappement de chien s'entend clairement dans la distance, comme par les tranquilles nuits d'été de nos pays; mais encore, perçoit-on toujours chez nous, le bourdonnement des insectes, le bruissement de l'imperceptible germination de la terre. Là-bas, la nature inféconde, dort dans une éternelle inertie. Jamais aucun bruit ne trouble cette réunion d'hommes, sinon la lourde et sauvage clameur de la tempête, l'effrayant bruit de la mer, qu'on entend maintenant de loin clapoter contre les îles, et le sifflement strident du vent lorsqu'il descend des grands nêvés.

Pendant quelques heures nous venions troubler cette solitude. Notre bateau abordait ces fiords lointains pour receuillir les naturels qui désiraient émigrer vers l'Amérique et fuir les rigueurs de leur climat.

Certains journaux continentaux ont signalé cette émigration en y ajoutant des commentaires burlesques : « Les journaux anglais ont raconté, il y a quelque temps, qu'une famine épouvantable règnait en Islande, que les habitants de l'île mangeaient de l'herbe et qu'ils émigraient en masse vers l'Amérique. Ces nouvelles étaient en partie fausses, en parties exagérées. Il y a eu l'an dernier une très mauvaise récolte, qui a été suivie d'un hiver très rigoureux ; mais la récolte de cette année sera bonne et ce n'est pas la misère qui a obligé 1800 Islandais à partir pour l'Amérique : c'est la politique. Les 70,000 habitants de l'île sont des démocrates fougueux : ils sont surtout antimonarchistes... Et voilà pourquoi les pêcheurs de morue s'exilent ! C'est pourtant bien beau la politique. »

Et c'est pourtant bien beau les calembredaines

des phrasiers qui écrivent sur toutes choses, du coin de leur feu ! Il n'y a en Islande d'autre récolte que les foins ; lorsqu'on a l'occasion d'y manger de l'herbe, il fait excellent ; car alors les moutons en mangent et donnent du lait ; les « pêcheurs de morue » sont presque tous des pasteurs et au lieu de la politique qui pousse les gens à émigrer, c'est le climat qui est le partenaire dans cette rude lutte, où l'existence même est l'enjeu. On ne fait pas le difficile en Islande, on ne change point de place pour un régime gouvernemental quelconque, et quand on trouve à manger on s'intéresse à la politique, comme une vache au chemin de fer.

Sans doute les Islandais sont attirés vers une contrée plus prospère, moins rigoureuse, surtout lorsque les prospectus des agences d'émigration font miroiter les avantages de l'exil. A part les plus aventureux, qui ont gardé dans le sang le goût de la promenade lointaine qu'avaient les ancêtres, ils tiennent aussi longtemps qu'ils trouvent une vie relativement soutenable, aimant rudement la terre des aïeux; mais parfois il faut périr, ou s'en aller. La seule industrie consiste dans l'élevage du mouton et du cheval. Le mouton fournit les aliments. En été le bétail pâture dans les prairies, en hiver on le nourrit de foin. Lorsque les foins n'ont pas été abondants il faut tuer une grande partie des moutons ou les laisser périr d'inanition. Ainsi, les hivers qui se prolongent outre mesure sont très désastreux.

Or cette année, lorsque les neiges s'étaient fondues, que tous les troupeaux étaient dispersés dans les herbages, en plein mois de Mai, une terrible rafale de neige était survenue dans le Nord de l'île ; tout avait été rasé, balayé, asphyxié. Surpris au pâturage, 3oo chevaux et 12,000 moutons avaient été tués.

Un désastre de ce genre augmente le mouvement normal de l'émigration ; le problème économique se pose alors dans des termes d'une effrayante simplicité. Faute de bétail, on ne peut plus avoir de laitage, plus de viande fumée pour l'hiver ; il n'y a pas moyen de se procurer d'autres vivres dans le pays et c'est la famine à brève échéance.

Ceux-là même, qui pourraient racheter des brebis, refaire un troupeau, sont découragés par cette nature implacable, et suivent le mouvement d'exode. Aussi tous ceux de ce district qui avaient un pécule suffisant pour payer le passage en Amérique, quittaient le pays.

Très nombreux, ils abordaient le bateau, gens venus des vallées lointaines. Au moment de la séparation ceux qui restaient s'avançaient vers les émigrants; très longuement, ils s'embrassaient sur la bouche, comme dans une extase, avec un receuillement profond; ils se serraient la main, mais alors tout était fini; ils se retournaient et l'on eut dit que derrière eux le monde s'était effondré. Ils n'avaient plus un seul regard, un de ces regards désespérés qu'en se retournant une dernière fois on adresse à ceux qui vont partir pour jamais, ni aucun geste d'adieu. On a beau les observer de près, aucune impression ne peut se lire sur leur figure, aucun muscle ne se contracte sous l'effort d'une douleur intérieure et après avoir installés leurs objets à fond de cale, ils s'intéressent à l'appareillage du navire, regardent l'eau couler, se sourient doucement entre eux, sans gestes, sans pleurs, sans cris.

L'un d'eux semble même heureux, un bel homme à barbe blonde avec de grands yeux bleus et clairs, une énergique figure; sa femme en corsage rouge se serrait affectueusement contre lui et tous deux carressaient leur enfant, car les

36

Islandais aiment entre eux les longues et douces caresses. Ils paraissaient joyeux de quitter, sans doute ils ont été bercés de l'illusion de cette terre lointaine vers laquelle ils appareillent ; ils voient là-bas, dans le loin, comme dans un mirage : le soleil, le vivre de chaque jour, la nourriture en hiver, peut-être même l'abondance ou la richesse.

Mais un jour, et cela ne sera pas long sans doute, ils auront la nostalgie du rocher abrupt de Stykkisholmr, des splendides nuits ensoleillées, des hivers neigeux et tristes ; ils songeront aux longues courses à cheval dans la montagne et cette rude contrée gravée dans l'imagination par des lignes ineffaçables se dressera devant eux, nette, attirante, — ils auront le mal du pays.

Et lorsqu'ils reviendront, si jamais ils reviennent, quelle morne désolation de l'enclos familial, où le vent et la neige viendront disperser les cendres du foyer comme dans ces huttes abandonnéès, dans lesquelles nous entrions à Stykkisholmr.

Et c'est, parce qu'ils étaient pris de cette nostalgie que, déjà, des émigrants sont revenus en Islande, préférant sa détresse au confort de la terre étrangère. Mais à l'heure solennelle du départ, tous ces Islandais paraissent inconscients, subissant tranquillement le sort, poussés par une de ces fatalités inéluctables qui remuent les choses.

Il en est parti environ deux milliers cette année ; mais comme M. Leclercq, nous croyons qu'on ferait œuvre patriotique en combattant cette émigration. Souvent en parcourant l'Islande, nous avons vu des pâturages qui pouvaient fournir une excellente installation de ferme ; il y a encore des ressources inexploitées, et mieux vaudrait employer les capitaux perdus dans l'émigration à l'organisation intelligente de la pêche. Ce n'est pas dans ces pays-là, mais dans des pays comme le nôtre, où il y a plus de bouches que de nourriture, que l'émigration devient une nécessité et un devoir.

Le bateau traverse d'abord la Baie Large, (1) puis il passe devant le Golfe de Patrek (2) et le Golfe de l'Aigle, (3) qui s'enfoncent dans la côte, ouvrant une étroite perspective d'eau au milieu de murs perpendiculaires.

Cette journée-là fut une journée inoubliable, une manifestation singulière de la vie polaire. Vers dix heures du soir nous nous enfonçons dans le fiord des Bêtes. (4) Ce sont de part et d'autre une succession de pyramides aux arêtes régulières comme

(1) Breidifjordr. (2) Patreksfjordr. (3) Arnafjordr. (4) Dyrafjordr.

38

celles construites de main d'homme dans les plaines d'Egypte ; les ombres en sont fortement accusées, et la matière volcanique trop dure pour être entamée par les éléments, en conserve les formes angulaires.

Le bateau met à l'ancre au milieu du fiord. Il est onze et demie heures du soir. Le soleil vient de disparaître, mais il fait clair comme au milieu de la journée. L'air est vif et pur, le temps superbe. Toute la population est réunie au bord de la mer, les femmes ont leur costume de fête et les vives couleurs de leur tabliers animent tout le paysage. Quelques cavaliers en retard viennent au grand galop le long de la grève. On nous entraîne mon compagnon et moi, vers une maison, une espèce de café apparemment, où sont réunis une quinzaine de matelots appartenant à toutes sortes de nations ; ils sont venus sur deux bateaux américains amarrés dans le fiord, pour pêcher le requin. Ils en ont pris 20,000, de requins. Tous ces hommes sont ivres, trinquent avec nous, nous prennent la main ou veulent nous embrasser comme de vieux amis, avec cette communicative expansion d'ivrogne.

Mais dans leur délicatesse native des gens du Nord, les femmes de la maison s'aperçoivent que nous ne sympathisons pas avec ces êtres grossiers pris d'alcool, et nous entraînent vers la cuisine, pour nous servir un moka d'un arome excellent, avec des biscuits exquis. C'était la première fois que nous buvions ce café d'Islande, d'un arome si supérieur, non à cause d'une qualité meilleure, mais parce qu'on le torréfie immédiatement avant l'emploi ; et bien souvent cette tasse chaude, hospitalièrement offerte, devait nous réconforter.

Plus loin, dans le village, s'étend sur un très grand espace, tout un champ de morues séchées et dans l'air frais et pur de minuit, ce parfum monte capiteusement, Tout près se dressent de grandes cuves où moisit une composition dégoûtante à regarder, et plus dégoûtante encore à sentir. Ce sont des foies de requin dont on extrait une certaine huile. Il parait que cela sert à la fabrication du savon et c'est à vous dégoûter de vous laver jamais. Et ce parfum dans l'air frais de la nuit se mêle subtilement à l'autre.

Quelques pas plus loin au bord du fiord, s'étend une masse infecte en décomposition. C'est une forme blanche, laiteuse, avec des plaques jaunes et vertes au milieu desquelles se dessine une énorme charpente dorsale, et d'où sort une mâchoire formidable : un cadavre de baleine. Dans la bouche se trouve une série de grandes plaques noires : les fanons dont on fait les corsets des belles et les riflards aussi.

Elle a échoué là, il y a quelques semaines et la population était tellement affamée, qu'elle s'est jetée dessus et s'est taillée des diners dans son dos. Aujourd'hui c'est une masse informe en décomposition. Nous aurions voulu avoir un morceau des fanons et, me mettant à califourchon sur la mâchoire, j'essayai d'en tailler une pièce, mais c'était une odeur si pénétrante, et je craignais à chacun de mes mouvements de glisser dans la pâte infâme, que j'allais y renoncer. Un monsieur islandais (les Islandais n'ont aucune répugnance pour ces besognes malpropres), s'offrit à le faire. Il déposa sa canne le long de la mâchoire et se mit à tailler bravement un morceau, ce dont nous l'avons infiniment remercié, sans toutefois lui serrer la main selon les habitudes, pour ne pas sentir pendant huit jours l'extrait de baleine, ce qui ne vaut pas l'Eau de Lubin.

En entrant dans le fiord nous avions vu quelques baleines ; depuis nous en avons vu très souvent, comme il convient, lorsqu'on va en Islande. Elles se

41

jouaient tout autour de nous, habituellement en bande ; on voyait leur grand dos surgir, puis disparaître pour faire place à la queue qui battait quelques instants les flots.

Parfois, un jet d'eau montait comme une fontaine artificielle et cela était accompagné d'un certain bruit, comme d'une pompe foulante ; mais perdues dans la grande mer, ces bêtes ne paraissaient pas disproportionnées et le son de leur gong n'avait rien de majestueux.

Le village prenait un aspect très animé, par le départ des émigrants, on se pressait dans des barquettes parmi les malles, pour regagner le bateau. C'étaient de très mauvaises barquettes, où l'on maintenait difficilement l'eau à un niveau convenable et qui auraient coulé dans une traversée plus longue. Il pouvait être deux heures de la nuit, l'air était si pur qu'on ne sentait aucune fatigue, le soleil dorait déjà la pointe des montagnes couvertes de neige : il n'avait jamais cessé de faire clair, mais comme nous étions encaissés dans les montagnes il était difficile de juger combien de temps le soleil avait disparu de l'horizon. Le ciel était resté pendant une couple d'heures irradié de lueurs roses, le resplendissement du soir s'était mêlé aux grâces du matin. Il règnait aussi comme un calme plus profond dans la nature, quoiqu'on n'eut pu se rendre compte de cette impression. Dans ces fiords solitaires, où rien ne vit, où toute la nature est figée, toujours, dans une immobilité absolue, le calme de la nuit ne diffère pas de la tranquillité mortelle du jour. Cette impression provenait plutôt de la lumière plus dégradée qui vous compénétrait inconsciemment, peut-être aussi d'une habitude invétérée, car il fallait tirer sa montre pour avoir une notion exacte de l'heure.

La lune montait au-dessus des montagnes, mais c'était pour la forme, car elle ne donnait aucune lumière et l'on voyait à peine se dessiner pâlement son disque blanc.

Le matin en nous levant nous étions dans le Fiord des Glaces, (1) devant la ville la plus importante après Reykjavik. C'est là qu'avait abordé un des premiers habitants de l'île, Floki, et trouvant en hiver toute la contrée couverte de glace et de neige, il la nomma : la Terre de Glace, et le fiord où il venait d'aborder : le Golfe des Glaces. On était alors vers la fin du IXe siècle, et, les seigneurs Norvégiens trop fiers, pour supporter la tyrannie

(1) Isafiordr.

de Harold aux Long Cheveux, trop faibles, pour lui résister, préférèrent s'expatrier dans l'île qu'avait visité Floki. Certains auteurs anglais prétendent qu'elle fut habitée précédemment par des Irlandais, mais ceux-là même admettent que les nouveaux arrivants chassèrent les premiers habitants et que ce sont les Norvégiens qui peuplèrent toute l'île....

Nous menions une vie étrange sur ce bateau.

Pendant le jour et une partie de la nuit on glissait doucement dans les eaux calmes des fiords, sans aucune conscience de l'heure, ayant perdu la notion du temps. Majestueux et sauvage, le paysage se déroulait devant nous, jusqu'à la haute mer aux lignes vagues et lointaines. Alors seulement on trouvait qu'il était nécessaire de regagner la cabine; le roulis du large nous berçait et après quelque temps de sommeil, lorsque le mouvement du navire s'arrêtait brusquement on se réveillait, dans un autre fiord, devant un autre paysage.

Ceci est un très joli village d'une vingtaine de maisons avec des champs de lave, où des femmes, en costume voyant, sèchaient et retournaient des morues au soleil.

Tout le monde nous salue très amicalement; chaque maison arbore son drapeau, et nous suivons,

44

nous ne savons comment ni pourquoi un monsieur dans sa demeure.

Il parle un peu l'allemand ; il est marchand, photographe etc. A peine sommes-nous arrivés qu'il se met à tourner la manivelle d'une boîte à musique, et nous devons subir pendant une heure des ritournelles, auprès desquelles le dernier des orgues de Barbarie est un concert céleste.

Le docteur du bord, un gentil garçon de 25 ans, chante en Ecossais, et tourne ; nous braillons du français à tue-tête ; l'Islandais joue des castagnettes avec une grande fierté, tandis que quelques personnes menacent de détruire le plancher sous leurs coups de talon. Puis l'hôte accorde pendant une demi-heure une sorte de mandoline, la râcle un peu et semble très fier de ses talents musicaux. Il dit avec emphase, et Dieu sait si l'allemand s'y prête, qu'il aime beaucoup la musique.

Oh ! nous aussi beaucoup, beaucoup ! et nous parvenons enfin à nous échapper.

Nous quittons le fiord, mais nous ne pouvons aller à Bordeyri. Le capitaine n'ose s'y aventurer de peur d'être bloqué par une banquise qui est descendue du Groenland. Chaque année au mois de Mai, les courants emmènent des banquises sur

les côtes du Nord et de l'Ouest ; mais parfois cette
arrivée est longue et tardive, ce qui était le cas
lorsque nous étions en Islande. Et lorsque le vent
souffle de cette banquise, toute la température du
Nord de l'île en est modifiée, il s'en lève du brouillard, de la pluie, de la neige, et l'été fait place à
l'hiver. Plus tard nous avons eu dans le Nord un
été très humide tandis que dans le Sud de l'île il
faisait particulièrement sec. Entre notre arrivée
et notre départ, le bateau avait essayé trois fois,
de doubler le Cap Nord, et trois fois il avait été
bloqué dans les glaces, sans pouvoir passer outre.

Le Fiord des Glaces est très beau, presque aussi
beau que les fiords de la Norvège ; mais au lieu
d'être encaissé dans les parois à pic, sans interruption comme les fiords norvégiens, il se continue le
plus souvent, en une série de cônes basaltiques, de
hautes pyramides complètement isolées, qui donnent à ces fiords un aspect tout particulier, l'aspect
de constructions gigantesques entassées par la main
des primitifs, comme un défi aux puissances destructives de la nature. Et cependant, avec leurs
formes nettement symétriques, leur profils majestueux, leur coulée d'inaltérable matière volcanique,
elles sont jeux de hasard, caprices brutaux de la

46

nature, dirigée par cette grande Puissance invisible, qui a façonné la Terre en artiste suprême, pour la stupéfaction et l'admiration des hommes.

A la sortie du golfe, nous sommes entrés dans un épais brouillard, et nous ne voyons plus rien de la mer. Les émigrants paraissent calmes, quoique ceux du Fiord des Glaces, soient plus vifs que leurs compatriotes. Ils ont agité leur mouchoir au départ, et les hommes ont entonné un hymne très mélancolique. Ils quittaient pour toujours leur patrie, en chantant très doucement des chants nationaux, sans émotion apparente, le regard à terre, comme en quelque cérémonie de culte, comme dans un chœur exécuté pour un concert.

Et tout autour, il n'y avait que la grande mer grise et froide, où leurs voix se perdaient sans écho.

LA ROUTE DE POSTE.

La route de poste! On se demande quelle signi-
fication ces mots peuvent bien avoir en Islande.
Ailleurs cela voudrait dire une route large, fré-
quentée, où les chevaux circulent, où la poste se
rend fréquemment. Là bas, on ne sait vraiment
ce que cela représente « une route de poste! » Il
n'y a pas de chemin et pour y trouver un sentier,

48

on se ferait prier. Parfois une route est frayée à travers les laves et les bruyères en enlevant les blocs trop saillants pour les mettre en bordure; mais seulement aux environs d'Akureyri, de Reykjavik ou de quelques grandes fermes; la plupart du temps on a le track, et le track est aussi différent d'une route de poste, qu'un sentier peut l'être. Le « track » est un sentier tout particulier à l'Islande : les chevaux ont pour habitude de suivre la piste des autres au milieu des laves ou des mottes de gazon, et ainsi depuis des siècles, il y a des ornières étroites et profondes qui, s'enfoncent plus avant dans le sol à chaque génération. Elles sont juste assez larges pour les jambes des chevaux et sont souvent profondes de plusieurs pieds. Un jour même, nos chevaux étant lancés à fond de train dans une ornière fortement creusée, ils en avaient jusqu'à mi-côte et l'un d'eux, le mieux portant, qui en suivait d'autres plus minces, fut pris entre les deux parois sans pouvoir reculer, ni avancer. Quelque temps il se débattit pris aux côtes, et ce n'est que par des coups de reins violents qu'il parvint à se dégager de cet étau.

Aussi, est-ce là un des ennuis de l'équitation islandaise. Il est bien préférable de n'avoir aucune

49

route tracée. Lorsque les chevaux trottent ou galopent dans ce sentier étroitement encaissé et que la mère nature n'a pas chicané la longueur de vos jambes, les pieds traînent à terre, heurtent le sol, cognent les pierres et il faut toujours prendre garde de relever les jambes devant un obstacle trop saillant, sinon vous risquez une fracture de cheville. D'autres fois, le sentier se sépare en plusieurs branches qui se confondent, bifurquent soudainement, se rejoignent et ce sont alors de brusques écarts du cheval, s'enfonçant tout d'un coup vers la gauche, alors que vous preniez vos dispositions pour aller vers la droite : ce qui constitue un péril pour l'équilibre et met l'assiette en danger.

Bien souvent aussi le voyageur traverse de grandes bruyères marécageuses, de vastes champs de lave, sans nulle apparence de sentier. Il passe à gué les torrents et les rivières, et à chacun de ces passages, les bottes risquent de s'emplir par le haut et le cavalier court la chance de prendre un bain de siége, sur la selle. Pendant deux jours on ne rencontre aucune habitation, et, sauf dans les environs immédiats de Reykjavik, d'Akureyri et des grandes fermes, nous n'avons vu que quatre indigènes voyageant. — Pour la poste, c'est une fiction. Elle est censée passer une fois par mois ; aussi étions nous comblés de lettres et de poulets pour toutes les destinations : papiers d'affaires, billets de fiancés, lettres d'épouses et d'enfants adressés aux membres de l'althing.

En résumé il est moins banal de voyager sur la route « Route de Poste » en Islande, que sur des grandes routes quelconques.

Tout le monde est allé se promener à cheval au dehors de Reykjavik. C'est la distraction de Dimanche. Nous suivons le courant hors de la ville, le long de la route de poste, la seule qu'il soit possible de suivre. Le ciel est d'un gris effrayant, sans tonalité distincte, déteignant sur tous les objets. La route se prolonge sans un arbre, sans un arbuste au milieu d'une plaine désolée, où des herbes malingres croissent entre les pierres.

Le sol est tourbeux et brun, de petites flaques d'eau reluisent entre les herbes, des chevaux et des vaches font semblant de brouter quelque chose parmi ces pierres, et dans le lointain, le fiord met une clarté grise plus étincelante. C'est partout le même paysage, monotone à être triste, terne à paraître désolé. Au loin, Reykjavik la capitale,

51

se serre dans la distance en petites maisons, avec des toits sombres. La route est trés animée, il y circule comme pris d'un même vertige de mouvement, une foule de monde; des chevaux de charge, des amazones, des cavaliers, tous allant très vite. Et c'est une des choses les plus burlesques qu'il soit donné de voir. Les hommes tous grands, se dressant sur ces petits chevaux comme des Don Quichotte en quête d'aventure. Montant à l'Islandaise, ce qui est la plus singulière façon de monter qui soit. L'assiette est ferme, mais régulièrement les jambes s'écartent du cheval pour y retomber, lui roulant les flancs : les bras tournent, agitant le fouet au-dessus du cheval ; les coudes s'écartent à chaque mouvement comme des moignons d'aile. De face, on dirait un de ces pantins d'enfant, sculpté en dehors de toute règle de proportion, et dont la ficelle fait régulièrement s'écarter les jambes et les bras. Dès que ce mouvement cesse, les chevaux ralentissent leur trot et tout Reykjavik circule ainsi : des fermiers, des gens bien mis, des dames, tout cela va en levant les jambes.

Le soir les citadins se promènent très tard. Sans doute qu'eux aussi profitent des belles nuits d'été pour se distraire et lorsqu'on est couché depuis

52

longtemps, on entend les gens de la maison qui rentrent bruyamment. Nous avons rarement passé une nuit plus mauvaise que cette première nuit à l'hôtel de Reykjavik. La lumière, une lumière crue de plein jour entrait dans la chambre; aucun rideau ne la tamise et elle tombe d'aplomb sur la figure, vous enlevant toute envie de dormir.

Puis, il y a les lits très doux dès l'abord, où l'on s'enfonce comme dans l'ouate; mais pour toute couverture il n'y a qu'un édredon trop court, couvrant seulement le milieu du corps; d'une part les épaules sortent, de l'autre les pieds passent; on étouffe et l'on est gelé; l'équateur est torride et les pôles sont très frais.

Aussi, combien je comprends, pour l'avoir répété cent fois moi-même, en faisant sur ce thème les variations les plus choisies, ce cri d'un voyageur : « la peste soit des édredons islandais! » et combien elle est vraie cette image d'un anglais comparant la position de l'infortuné voyageur sortant de son édredon, à la tranche de jambon sortant d'une sandwich.

Il fallut d'abord faire la connaissance de notre guide, Thorgrimur Gudmunsen : un grand garçon de trente-cinq ans. On jurerait qu'il a du sang

53

irlandais dans les veines ; il est puissament musclé, de très haute stature, son œil est bleu avec des cils noirs, et le nez fort sur une épaisse moustache; son éducation est beaucoup plus complète qu'on ne pourrait s'imaginer : il parle très bien l'anglais, sait le danois et commence à parler le français. En hiver il apprend les langues à la jeunesse de Reykjavik. Il a vu Londres et Paris, et ils sont ainsi deux où trois guides en Islande, pas davantage, qui ont une très bonne éducation et sont pour le voyageur plutôt un agréable compagnon de voyage, qu'un guide. Les premiers jours nous craignions d'avoir fait un choix peu logique et d'avoir sacrifié le guide à l'homme, parce qu'on s'imagine, souvent à tort, que les plus rudes et les plus grossiers sont plus courageux et plus aptes aux exercices physiques. L'expérience nous a appris qu'il savait parfaitement son chemin et ce qui est plus rare encore, qu'en l'absence de chemin, il avait cet admirable instinct qui fait éviter les précipices aux montagnards, et trouver une bonne direction dans des déserts non frayés. Très serviable, il faisait nos petites besognes et veillait aux repas, lorsque la propreté de l'hôtesse semblait douteuse.

Nous devions nous adjoindre un autre homme

54

pour surveiller les chevaux, car souvent il faut les
mener le soir à des pâturages longuement distants,
les ramener ensemble, ou bien veiller à la caravane
pendant qu'on fait une excursion sur le flanc.

Zické, lui, était très petit, maigre comme un clou
avec l'apparence d'un jockey. Il nous parlait très
peu, sachant mal l'anglais et étant fort timide ; mais
c'était un gaillard des plus courageux, toujours prêt
à franchir les mauvais passages et chargeant les
chevaux à travers tout. Il ne vivait que lorsqu'il
était en marche, fonçant gaîment sur les retardataires ;
son œil luisait de joie et sa petite figure se contractait en une grimace de contentement. Il semblait
que la pluie, la neige et les mauvais pas fissent seuls
son affaire ; mais lorsqu'on était obligé de s'arrêter
dans des endroits plus ou moins civilisés, il devenait
morose, il faisait peine à voir comme un homme
pris de la nostalgie des courses folles, et sa grimace
de joie se changeait en un comique rictus décou-
ragé, que les filles de ferme elles-mêmes ne parvenaient pas à détendre.

Nous nous mîmes en route pour chercher les
provisions, tout ce qu'il faut pour cinq semaines de
voyage, dans un pays où l'on doit parfois compter
sur ses provisions pour dîner.

55

« Tiens, voici du sel, » disait Thorgrimur.

— Et le poivre l'avons-nous? et la graisse pour les bottes?

— Puis on discutait les vivres : moi j'aime mieux la langue fumée. — Et moi les fricassées d'agneau. »

Les marchands danois étaient très polis, parlant anglais ou français, et nous offrant après affaires un verre de vin d'Espagne et un cigare.

Puis toutes choses étant rassemblées, il fallut les faire entrer dans les bacs de charge. Chaque cheval de charge porte deux de ces bacs attachés sur le flanc; ils sont longs de 80 centimètres, larges de 30 centimètres et hauts de 40. Ce n'est pas une mince affaire de serrer là-dedans les gros paletots pour la tente, les imperméables, les provisions; tout cela se tasse avec peine, d'autant plus qu'il faut équilibrer les bacs pour ne pas faire tourner la selle. Aussi lorsque nous eûmes arrangés les bacs à notre façon, il fallut les défaire parce que nous avions casés d'un côté tous les objets de poids. Nous dressâmes une liste, très bien arrangée, avec des numéros d'ordre ; mais elle ne servit jamais qu'une fois, car à la première halte tout fut défini-tivement bouleversé.

Il y eut aussi à rembourrer les selles, à raccourcir les sangles pour les mettre en rapport avec les petits chevaux du pays et nous dûmes nous procurer des suroîts et des vêtements de marin huilés, afin de supporter les intempéries du climat.

Par une splendide matinée de Juillet, quatorze chevaux se trouvaient devant l'hôtel : le soleil donnait à la petite ville un air de joie. Les chevaux partirent menés par Zické, le fouet haut, le verbe dur. Du geste, on saluait quelques amis du guide, des passants qui nous souhaitaient bon voyage. Il y avait d'abord les chevaux de rechange, libres de toute entrave, de tout poids, qui allaient en tête de file, puis les chevaux de charge galopant malgré leurs deux bacs, et quelquefois ceux-ci se heurtaient rudement avec un son de bois et à l'intérieur un cliquetis de casserolles.

Cela allait très vite, très gaîment, et l'on ne voyait rien que ce groupe pittoresque de chevaux de couleurs variées ; les uns d'alezan, d'autres pies, d'autres avec leur long poil d'hiver qui leur pendait encore en flocons et l'on ne sentait rien que cette joie de l'aller vers l'inconnu. Bien des fois depuis, nous avons été par les chemins d'Islande des trains d'enfer, mais jamais nous n'avons éprouvé

57

en aucun voyage, cette même ivresse du départ, tant c'était pittoresque et inattendu, au point d'absorber tout autre sentiment.

« Quelle jolie caravane, » disait l'un. — « Nous sommes comme des marchands de chevaux, » répliquait l'autre, et du coup le charme était rompu, le côté prosaïque de ces bacs frustes, l'aspect négligé des chevaux ressortait davantage, et l'on remarquait mieux le paysage avec la Montagne de Neige, qui se dressait sur la gauche, au fond d'une échappée.

Et souvent ainsi il suffit d'une réflexion, qui, comme une goutte corrosive entame l'enthousiasme.

Après quelques heures de cheval on fit halte dans une vallée herbeuse, à l'abri du vent. C'était la première de ces haltes nombreuses que nous allions faire en Islande. Elles n'étaient un repos que pour les chevaux et régies d'une façon absolue par leurs besoins. L'herbe était-elle bonne, on s'arrêtait n'importe à quelle heure et par n'importe quel temps. Les cavaliers devaient s'arranger selon les bêtes. D'un galop circulaire on ramenait les chevaux ensemble, les bacs étaient enlevés pour servir de siège, les selles et les mors jetés par terre, tandis que les chevaux s'en allaient brouter une herbe courte et drue après s'être roulés sur le gazon comme de jeunes chiens. On déjeunaît à la hâte de quelques provisions et si l'on entendait le cri plaintif du pluvier doré, ou le rire moqueur du courlis, on parcourait les environs, en quête de gibier pour relever les repas du soir.

Au retour de la tournée de chasse on trouvait des chevaux frais, sellés par les guides et le départ était toujours très mouvementé. Répandus par toute la prairie, les chevaux s'attardaient au bon gazon ou faisaient mine de lâcher le groupe ; tous quatre nous nous lancions à leur poursuite avec des cris, de grands gestes et des coups de fouet ; quelques uns des poneys de selle semblaient prendre plaisir à la poursuite de leurs camarades, et s'emballant dans un furieux galop, cherchaient d'eux-mêmes à leur couper la route. Lorsque tous voyaient que décidément c'était le départ, ils se rejoignaient, s'engageaient dans l'étroit sentier et se cognaient bruyamment. Zické devait toujours descendre de selle et rattraper un cheval de charge ou l'autre dont les bacs tournaient.

Ces chevaux sont des poneys très petits et au premier abord, on doute de leur résistance ; mais chaque nature possède un animal approprié à elle, et, nous avions confiance en cette loi qui ne se dément jamais, bien plus que dans les affirmations des indigènes. Ces chevaux ont la crinière et la queue longues, fournies; presque tous sont des trotteurs ou des ambleurs, quelques uns se mettent même aisément au galop, et on peut les monter à la française, ce qui est un charme, lorsqu'on a cru se livrer à la folle gymnastique de l'équitation islandaise.

Ils avaient chacun leur nom correspondant à des qualités saillantes ou à la couleur de leur robe; tous aussi avaient leurs habitudes qu'ils gardèrent durant tout le voyage. C'était toujours le même, mon « petit gris » qui prenait la tête de la caravane, à moins qu'on n'eût à traverser des torrents. Alors, le fort cheval blanc de mon compagnon se jetait le premier à l'eau et indiquait la route aux autres. Ils avaient surtout un merveilleux instinct des fondrières : allongeant le cou, ils reniflaient à ras de terre comme des chiens; parfois, sans aucun indice apparent ils reculaient devant le terrain pour faire un détour, et, si par une vigoureuse pression des genoux on parvenait à les faire passer outre, on ne tardait pas à s'enfoncer pesamment dans un sol pourri, à la grande joie des compagnons.

STYKHISHOLMR

Le premier jour j'eus un ambleur très dur à monter, que j'offris le lendemain à mes compagnons en vantant les charmes de son trot; mais comme il ne trouvait pas d'amateur, on en fit un cheval de charge et les bacs, qu'il portait, étaient toujours abominablement secoués, les objets fragiles brisés menu ; car outre l'inconvénient d'un trot trop dur, il avait la manie de s'écarter du sentier pour vagabonder sur le flanc, à travers des terrains où il fallait renoncer à le suivre.

Une grande partie de l'après-dînée, se passa sur un champ de lave, et ce fut alors un nouveau sujet d'étonnement, de voir comment les chevaux continuaient à trotter parmi les pierres, sans jamais tomber.

Vers le soir nous atteignîmes le Lac du Parlement, (1) l'endroit classique d'Islande que tous les voyageurs vont voir. Il s'étend au fond d'une vallée à laquelle deux crevasses donnent accès : la Crevasse de tous les Hommes (2) et la Crevasse du Corbeau. (3) Nous étions en face, de cette Crevasse de tous les Hommes, qui a tant enthousiasmé les voyageurs, et à laquelle ils ont fait l'honneur de la nommer un gouffre, un abîme. Entre deux abrup-

(1) Thingvallà. (2) Almannagjà. (3) Hrafnagjà.

tes murailles de lave, on la descend parfaitement à cheval et avec ses tourelles, ses aiguilles, ses pinacles, ses bastions de pierre, elle a tout l'air d'un majestueux escalier d'entrée dans la cour d'un vieux château fort.

Au delà de la Rivière du Bœuf, (1) s'étend le Lac, qui nous a fait la même impression que certains coins de fiords norvégiens, un de ces fiords aux parois déclives ou de quelque lac écossais sans arbres, avec le même charme de solitude. C'est de la crevasse qu'on défendait l'entrée de la plaine, lorsque le Parlement islandais venait s'y réunir et c'est là, tout autour, qu'eurent lieu de sanglants combats.

C'était notre premier paysage de l'intérieur d'Islande et peut-être aussi, nous attendions-nous à trouver une Islande plus sauvage, plus abrupte : nous avions lu trop de livres qui exaltaient ce lac, à l'envi, et nous pensions les crevasses plus ardues, le lac plus caractéristique. L'imagination, qui travaille en dehors de toute préoccupation de matière, et qui frappée par des paysages plus énormes, se plait volontiers à en rassembler les traits principaux pour se figurer une chose nouvelle, va

(1) Oxarà,

66

au delà de la réalité, quelque grandiose que la réalité soit.

Ce lac et ses environs sont surtout célèbres au point de vue historique. Depuis le peuplement de l'Islande par les Norvégiens en 929, jusqu'en 1800, le parlement s'assemblait sur la Montagne de la Loi : (1) réunions tumultueuses d'abord où les ardents Vikings s'enfièvraient de chaudes luttes; plus tard à mesure que la civilisation gagne sur la barbarie, devenant plus paisibles et plus monotones. Dans l'île de la Rivière du Bœuf s'assemblait le peuple, on s'y battait en duel, les coupables y étaient mis à mort selon des rites cruels et les femmes adultères précipitées dans la chute que forme la rivière en tombant dans la crevasse.

Là aussi, se sont déroulées plusieurs scènes des sagas, les légendes héroïques du Nord, et comme chez plusieurs peuples primitifs les lois étaient promulguées du haut de la montagne, au milieu de la foule assemblée. Ce Sinaï d'Islande est un tertre de gazon vert dans la prairie, mais par un bouleversement de la nature, qui a secoué et craquelé toute cette vallée comme un jeu d'enfant, deux crevasses profondes et abruptes l'entourent et en

(1) Lögberg.

forment une espèce d'îlot accessible par une passe étroite.

Mais aujourd'hui, il ne reste de l'ancien Parlement rien que cette place où l'herbe pousse drue, où les chevaux pâturent, à peine quelques vestiges des huttes, qu'on distingue péniblement des pierres environnantes. Ils ont passé, tous ceux de l'époque légendaire, sans laisser de vestige ni de trace. Ils ne vivent plus que dans les livres, et la nature demeure la même qu'elle était, sans conserver seulement l'empreinte de ces assemblées tumultueuses; et alors, quand le temps a effacé d'une manière aussi complète toute trace, tout souvenir de ceux qui ont vécu, qu'il ne reste là rien pour les faire surgir devant vous, ni leur tombe, ni l'œuvre bâtie de leurs mains, rien, rien, rien, que l'herbe drue qui repousse, et les pierres dures comme dans tous les chemins du désert, ils sont si loin, si oubliés, que le souvenir historique ne parvient pas à vous remuer.

D'ailleurs il y a en chaque homme certaines fibres qui ne vibrent jamais, comme si elles avaient été frappées d'atrophie.

On se contente de regarder la nature, les crevasses qui s'ouvrent profondément sous les pieds, comme un lit de canal et au fond les eaux qui croupissent toutes bleues et sombres reflétant la paroi grise, des eaux qui sont venues par de mystérieux conduits d'en dessous, depuis les nêvés lointains et qui s'en vont avec le même mystère.

Et en dehors de toute pensée d'hommes, on se penche sur ces fissures, sur ces eaux bleues, qui ont tout le charme des couleurs étranges et l'attirance de l'inconnu.

Logé chez le pasteur — Il a joint à sa maison une aile comprenant trois pièces : deux chambres à loger et une salle à manger. Le tout est en bois avec des bancs, très nu mais très propre. Cela nous paraissait bien simple au premier abord, mais en y repassant après notre tour d'Islande nous avons pu constater que c'était luxueux pour le pays. Le pasteur est le beau-frère du gouverneur. Nous attendions vainement sa visite, trouvant tout simple que l'on vînt saluer des étrangers, dans sa propre demeure ; mais nous n'aperçûmes pas le pasteur, et c'est seulement le lendemain matin en allant demander notre compte que nous parvîmes à le relancer. Nous l'avons poliment salué, le remerciant de son hospitalité sans qu'il trouvât une parole à nous dire. C'est de l'hospitalité certes, puisqu'on veut vous recevoir moyennant payement, mais ce n'est pas de l'hospitalité agréable.

La servante participe à la froideur du maître. Après quelques semaines de cheval dans le pays nous étions tout heureux de repasser par un endroit connu, de retrouver des connaissances; mais elle est venue nous servir sans une parole, répondant à peine par un murmure à notre salutation. La figure reste impassible, sans aucune marque de sympathie, sans aucune manifestation de déplaisir ; rien qu'une expression froide, toute froide et des yeux clairs qui vous regardent fixement dans les yeux, qui pénètrent comme une lame droite. Et ce froid vous gagne, vous gèle. On devient muet, concentré, on est triste pour avoir perdu cette illusion que l'hospitalité et la gentillesse étaient une vertu du Nord.

La prochaine étape est Kalmanstunga. On part de bonne heure par un gai soleil, à travers les crevasses du champ du Parlement, avec un horizon de montagnes qui bleuissent sous un ciel très pur.

La halte se fait dans une de ces oasis, comme on les rencontre parfois dans les déserts de l'Islande, une petite vallée parée de bonne herbe, encaissée à l'abri du vent, et au bord de laquelle se dresse une colline étrange, comme un dolmen druidique.

Les chevaux montent le long de ce dolmen pour arriver près d'un joli lac avec des grèves de sable fin; on s'imaginerait galoper au bord de la mer en Flandre, avec une perspective de dunes. Puis on traverse le lit desséché d'un torrent; toute la vallée est d'une seule venue de pierres nues et jaunes, comme un immense désert; au fond de la coulisse se dresse une montagne couverte de nêvés, et c'est une impression curieuse et toute nouvelle que cette forme blanche se dressant au-dessus d'un paysage de désert. C'est l'alliance de deux natures, rarement accouplées : le désert jaune de nos dunes et les blanches lignes des altitudes.

Vers le soir on entre dans la Vallée Froide (1) précédée d'un beau paysage. C'est un grand champ de sable au bout duquel se dressent deux montagnes complètement isolées, l'une le Large Bouclier, (2) une pyramide carrée terminée par un disque de neige étincelante, l'autre un cône ; contrastant par leurs formes, deux types de montagne placés là comme spécimen de ce qu'on peut faire.

La Vallée Froide s'ouvre entre le Nêvé du Pays des Chèvres(3) et l'Ok. Le vent qui vient du fond de

(1) Kaldidalr. (2) Sjaldbreid. (3) Geitlandsjokull.

la vallée devient plus piquant encore en passant sur les glaciers ; et lorsque, à quinze cents yards de hauteur on traverse le Torrent Blanc, (1) qui roule sous une croûte de neige et que les glaciers sont tout proches, le ciel tout bas, il règne une température qui ne manque pas de fraîcheur. Ces glaciers sont gris avec des taches noires, soit à cause de leur composition, soit par un effet de lumière et ces masses d'une tonalité si gaie ailleurs, éclatent dans la brume, comme une chose plus horrible, comme une difformité. Il souffle toujours plus froid, et c'est avec une sensation de bien-être, qu'on se trouve de l'autre côté sur un champ de lave débarrassé du brouillard, et qu'après avoir traversé un large lit de torrent, on arrive à la ferme de Kalmanstunga.

Kalmanstunga est une ferme complètement isolée entre cette rivière et un champ de lave. Nous déballons devant la porte. Nous nous installons dans la chambre des étrangers, mais comme personne ne survient, le guide est allé demander si on pouvait nous recevoir, et après une demi-heure, il apparaît triomphant avec notre Liebig et d'excellents courlis.

Une vingtaine de personnes habitent là, comme

(1) Hvita.

68

dans la plupart des grandes fermes. Les parents gardent auprès d'eux leurs enfants mariés et se les associent dans l'exploitation pastorale. Puis il y a des serviteurs des deux sexes. Les domestiques se prennent à l'année et demeurent très longtemps chez le même fermier, ce qui est autant à l'honneur des maîtres que des serviteurs. Ils reçoivent à la ferme le vivre et le vêtement ; les hommes ont un salaire fixe de 100 couronnes, (1) les femmes de cinquante.

Pendant la saison des foins les fermiers s'adjoignent souvent un ou deux étrangers, qui reçoivent l'énorme salaire de 2 couronnes, parce qu'à cette époque les bras disponibles sont rares et la besogne urgente.

Le domestique est pris à l'année et, chose digne de remarque, tous les profits qu'il fait pendant l'année reviennent à son maître. C'est là une situation singulière, peut-être même une conséquence de l'ancien état social. Lorsque les premiers Norvégiens vinrent habiter l'île ils y emmenèrent leurs serfs, et l'on incline à trouver dans ces relations quelque tradition inconsciente de l'ancien servage. D'ailleurs les domestiques trouvent cette situation très naturelle et l'appréciaient-ils autrement, encore

(1) La couronne vaut un franc quarante.

doivent-ils s'y conformer. S'ils faisaient une offre différente ils ne trouveraient pas de preneur.

Au printemps, le fermier envoie ses serviteurs à la pêche de la morue et tout le produit en est pour lui. Notre guide Zické, était le domestique de Zœga et à la fin du voyage ce n'était pas Zické que nous payâmes, mais Zœga. Ainsi le travail peut augmenter dans des proportions anormales et inattendues, sans correspondre à une augmentation de salaire.

Une autre fois nous demandions à un fermier de la côte de nous céder un de ses domestiques comme rameur, il nous le céda ; mais nous fûmes très étonnés d'avoir à payer cette besogne extraordinaire au fermier lui-même.

D'ailleurs cela n'influence en rien les relations sociales, c'est plutôt une coutume traditionelle : les relations du maître à l'inférieur sont d'égal à égal ; ils mangent et dorment dans la même chambre et aucune forme de respect ne les démarque. Ils sont souvent de même condition sociale ; le domestique est un enfant de ferme qui ne trouve pas assez de besogne chez lui ; et il arrive de voir le fiancé ou la fiancée engager leurs services chez les parents du futur époux.

Il n'y a d'ailleurs aucune classification dans la

besogne elle-même, il n'y a pas de labeur qui ennoblisse ou qui dégrade et le domestique vaque à côté du maître aux mêmes travaux....

C'est un très beau paysage autour de Kalman-stunga et l'un des plus beaux d'Islande. L'horizon est fermé par deux grands névés : le Névé Long (1) qui s'étend sur une espace de trente-cinq milles, en pente douce et basse, puis plus haut le Névé d'Erik (2) affectant des formes pyramidales, dépassant de son cône toute la ligne de l'autre. Ces montagnes paraissent énormes, car c'est par la ligne des névés qu'on est habitué à juger les hauteurs et comme dans ce pays la ligne des neiges descend très bas, elles paraissent plus éloignées, non moins grandes.

On monte vers le champ de lave, se retournant sur la selle vers la jolie perspective des névés.

N'ayant jamais vu de la lave, on s'imagine quelque chose de dense, de luisant, avec de chaudes veines de métal fusionné ; mais, dans les anciens champs de lave ce sont tous des blocs hérissés, poreux, gris, qui alternent avec des dalles plus grandes et des trous remplis de poussière ou de gazon.

(1) Langijjökull. (2) Erikjökull.

Deux heures de cavalcade et quelques monticules se dressent comme des ulcères gigantesques crevées par le haut. Elles donnent accès dans la grotte du géant Surt. (1) C'est d'abord, un couloir qui mène vers un point vivement éclairé par une crevasse : là, tapie dans la neige comme dans un moelleux duvet, dort une perdrix blanche, le seul habitant de ces lieux désolés.

Une autre galerie s'ouvre, remplie d'eau jusqu'à une hauteur de quatre mètres, et sur cette eau glacée et croupissante il y a comme un îlot de neige, un pont de neige qui doit livrer passage. On se glisse le long de la paroi, cherchant à enjamber la neige fondue par les bords, la tassant du talon pour essayer sa résistance ; puis, voilà le guide qui d'un effort se trouve au milieu de l'îlot, et d'un bond nous y sommes aussi enfoncés jusqu'à la cheville dans la neige pourrie.

« Dites donc, Thorgrimur, quelle profondeur d'eau y a-t-il sous cette couche de neige ?. » Et Thorgrimur me couvrant d'un de ces regards, qui prennent la mesure d'un individu : « Deux fois la longueur d'homme. »

Ce terme de comparaison frappant, fait songer à

(1) Surtsthellir.

la singulière impression que cela ferait de descendre à travers cette neige, dans l'eau froide.

Le temps d'y songer une minute et de gagner prudemment l'autre bord.

Nous avons seulement des bougies, qui devaient servir à développer les photographies et le guide précède la tenant élevée ; nous autres pour épargner la lumière, roulons entre les blocs jetés là dans le hasard du chaos, tatant des aspérités pour y mettre la main, bronchant avec les lourdes bottes de cheval et la bougie éclaire, pâlement, le rebord des pierres.

On se souvient seulement de quelques salles, qui étaient comme des points de repaire dans nos tâtonnements. Alors on élevait les deux bougies en y ajoutant la lumière de quelques allumettes et cela se consumait vite, éclairant comme dans un rêve une fantastique apparition.

Après avoir glissé à travers un étroit goulot, on arrive dans une salle qui paraît carrée dans la lueur des bougies. Les parois toutes simples se dressent avec la sévérité des choses très anciennes, le plafond admirablement régulier étend au-dessus sa sombre voûte ; mais un magnifique parvis de glace s'étale comme un marbre blanc au fond de la salle. Nul parquet de palais somptueux n'est mieux ciré et plus lisse que ce parvis de glace blanche; mais l'homme ne va pas avec la femme pour danser dans ces retraites. Peut-être, disent les traditions païennes, les elfes viennent-ils s'y amuser dans l'obscurité; peut-être aussi les brigands, qui selon la légende s'étaient réfugiés dans cette caverne, hommes et femmes vivant en commun, venaient-ils dépecer dans cette salle les moutons et les vaches volés, et dansaient-ils des danses primitives et sauvages, en ricanant des fermiers qu'ils rançonnaient. Et lorsqu'on s'éloigne dans le corridor, on entend un bruit clinquant, comme un choc de verres en cristal, comme une casse d'assiettes lorsque dans la grotte de Han on se réjouit au buffet ; c'est la couche supérieure de glace qui, entre les pierres, craque sous les pieds du guide.

Puis il y a une large salle avec des profondeurs attirantes, un plafond baissé et long s'alourdissant sur les épaules comme dans les temples hindous, et là, on sent l'écrasement de l'homme par la nature. La ligne surbaissée et la mystérieuse obscurité anéantissent et pèsent. Dans les coins, des blocs de pierre ont des attitudes de gros boudhas.

On revient à la lumière, pour s'enfoncer de

nouveau dans une haute galerie, majestueusement cintrée comme une arcade romaine, et, sous les pieds le même parvis de marbre blanc. Un instant le guide avait hésité devant une galerie remplie d'eau, croyant que c'était l'entrée de la grotte, et il n'y avait pas moyen de passer outre ; soufflant nos bougies pour économiser le luminaire, nous nous tenions accroupis à côté de lui, pour l'entendre conter les beautés de cette grotte inaccessible. « C'est tout de glace, disait-il, avec de grandes colonnes de glace autour, » et dans cette obscurité nous évoquions cette magnifique grotte aux colonnades blanches, pris d'un immense regret. Du plafond, dans cette eau noire d'où venaient de fraîches émanations, des gouttes tombaient une à une, lentement, scandant d'un bruit fatidique cette solitude de sépulcre.

Maintenant nous étions sur le chemin dans cette superbe galerie romaine. Elle menait vers la salle des féeries par une pente rapide, si rapide et si glissante qu'il faut la descendre en roulant comme une pierre. Thorgrimur essaye de franchir ces quelques mètres en marchant ; mais soudain, il s'effondre et continue la pente comme un traîneau. Voulant profiter de l'exemple, nous pensons mieux

75

faire, mais en un instant nous nous trouvons tous trois dans le bas, les jambes de l'un sur les épaules de l'autre. En remontant, nous rampons à l'instar des phoques, pour dépasser cette petite bosse unie comme du verre, mais il faut croire que les phoques s'y entendent mieux que nous pour grimper sur les banquises. A peine arrivé vers le haut en se collant étroitement à la glace, on descend ; on remonte, on descend ; on se hisse, on glisse ; tout comme le rocher de Monsieur Sisyphe et ce n'est qu'après des efforts répétés, qu'on y parvient.

Du parvis de glace, s'élèvent des stalagmites blanches, comme de pâles candélabres dressés dans ce sanctuaire à quelque divinité inconnue; et la lumière de nos bougies allume à leurs fines pointes transparentes, des lueurs étincelantes, de rouges et bleus éclairs qui jaillissent soudain, et se meurent comme un feu follet. La voûte étincelle sous les cristalisations variées qui recouvrent la lave; une couche de glace s'est formée sur toutes les parois, renvoyant en mille reflets notre faible lumière; des festons fastastiquement découpés se déroulent dans le haut; des guirlandes finement ajourées, comme une dentelle faite par les mains de fées sont là, figées, dans une immobilité gracieuse. Le long de la paroi, à la distance de deux mètres, des draperies et des colonnettes de glace d'une admirable transparence descendent comme des tuyaux d'orgue, rendant un son argentin, et tout ce recoin pour autant que l'architecture puisse se comparer au style capricieux de la nature, rappelle les fantasmagories mauresques, par la bizarrerie des arabesques, le rayonnement des facettes, l'étincellement métallique.

Et nous sortons ayant rompu chacun un tuyau d'orgue, dont la froide saveur rafraîchit de cette course rapide. Dehors, c'est la lumière bienfaisante et crue, qui éclaire jusqu'à l'horizon le noir champ de lave.

Nous avons longé toute la journée la Bruyère du Lac de l'Aigle, (1) semée d'une foule de lacs, petits et grands, et à tout moment nous sautions de selle pour tirer un canard ou quelque autre gibier. Sur chacun des lacs bleus, un couple de cygnes nagent avec une allure royale, comme de blancs oiseaux hiératiques. Nous nous sommes attardés au Recoin des Cygnes (2) pendant une heure; tout autour volaient des canards, des pluviers et des bécassines; des cygnes nageaient dans le lac;

(1) Arnarvatnsheidi. (2) Alptâkrokur.

77

c'était un petit paradis terrestre pour un chasseur. Mais hélas! le gazon n'était pas assez abondant dans les environs pour dresser la tente, et il fallait s'arracher à ce recoin. Vers dix heures il commence à faire affreux; la bise souffle très froid; le brouillard est très bas. Parfois on voit une tache plus claire dans ce gris; quelque lac sans doute, et toujours des laves grises s'enfonçant dans le brouillard, toujours.

C'est comme ces retours de patinage en Flandre, lorsque la soirée tombe sous un ciel bas et humide et que les fortes terres flamandes, remuées par la charrue se sont congelées, toutes grises.

Dans le brouillard, se dressent parfois des formes pâles et fantastiques, apparaissant dans ce paysage sans lignes, avec des proportions démesurées, très hautes sur les jambes, droites, avec des cornes énormes et des oreilles écartées; elles ont l'air de spectres regardant les mortels qui passent, et s'enfoncent dans l'inconnu d'un brusque écart. Ce sont des moutons agrandis par la brume. Puis il y a aussi les lueurs des névés qui se trouvent au-delà du brouillard dans une région ensoleillée et dont les réverbérations roses parviennent à travers la brume.

Et l'on est penché sur la selle, taciturne, cherchant à deviner ce qu'il y a dans ce gris, pris à la poitrine par le brouillard. Le fouet pend le long de la botte et le cheval va à travers des laves tantôt hérissées en blocs, parfois aussi s'étalant en larges dalles glissantes, et lorsque le terrain s'améliore, il part d'un petit trot régulier et fatidique. Alors on a la nostalgie de la vie banale, on rêve de grandes routes où l'on circule lisant son livre, du bon lit du *home*, des repas pimentés qui réconfortent.

C'est la monotonie des couleurs et la similitude des mouvements qui rabaissent ainsi le moral, tellement l'homme est une pauvre machine, soumise à toutes les influences externes ; aussi lorsque vers minuit, on galope au bord du Lac de l'Aigle (1) saluant à toute distance une pariade de cygnes d'un coup de fusil, le charme mélancolique est rompu.

Les chevaux sont menés à travers le torrent vers une île verdoyante et chacun procède à la besogne. Malgré l'heure avancée, je quête les environs à la recherche de pluviers ; Zické mène les chevaux au pâturage à quelques minutes de distance, les deux autres dressent la tente et font les préparatifs du

(1) Arnarvatn.

campement. A minuit, nous sommes tous réunis dans la tente hermétiquement lacée; un bon arome de gibier rôti vient du fond, où le guide et mon compagnon, couchés par terre, suivent avec attention les progrès de la cuisson. Nous sommes encore dans les journées d'abondance et prodigues de notre avoir : il y avait des raisins secs et de la marmelade — raffinements délicats que nous devons à l'attention du maître-queux du « Camoëns. » Le café mijote sur la lampe d'esprit de vin, et, après un excellent repas, on reste longtemps encore à fumer et à boire des grogs aux amis de là-bas : « Here's to the friends that's awa! » Au moment de se coucher une victime désignée à la courte paille va tenir le thermomètre à l'extérieur, et, revient en grelottant nous confier la température : — 2°. Puis nous procédons à la préparation des couchettes : la toile cirée jaune s'étend sur le sol.

Ficelé dans un long paletot, des gants aux mains, la casquette aux oreilles, les jambes enroulées dans une couverture, on s'étend tout de long, la tête sur les coussins de la selle, ce qui constitue un excellent oreiller. Avec une touchante sollicitude le guide, nous borde les couvertures sous le corps et dépose sur nos pieds une selle de charge. Puis nous voilà tous quatre, côte-à-côte, dans une rigidité cadavérique, grommelant la « bonne nuit » en différents idiomes.....

Soudain, des voix qui s'interpellent du dehors « ohé! Sir! Il est huit heures, Monsieur. God weer. Beau temps! »

Quoi, déjà? et l'on regarde tout ensommeillé encore, la lumière jaune tamisée par la grosse toile grise. Puis, tout d'un coup un immense rire nous secoue tous en nous regardant ; nos vêtements huilés dans lesquels nous étions roulés, collaient encore, et cela s'est enjolivé de brins d'herbe, de morceaux de papier qui se dressent dans la pâte jaune comme un ornement de sauvage, il faut faire des efforts pour se décoller les bras du corps et le suroît de mon ami s'est relevé de nombreuses touffes d'herbe et d'une figue écrasée.

— « Il faudra beaucoup de mauvais temps, pour laver cela, monsieur. »

Au dehors, dans l'encadrement des portières relevées, le paysage était resplendissant. Tout luisait, tout rayonnait doucement. La petite pelouse verte était entourée par le remous blanc du torrent, et de la tente on entendait son joyeux babillage parmi les pierres ; la belle nappe pâle du Lac de

l'Aigle se perdait au loin. De l'autre côté, c'était la
barrière des névés étincelants avec leurs longues
plaines immaculées et la cîme vierge d'Erik. Et
tout autour, à une journée de là, il n'y avait pas
âme qui vive, pas de hutte, et l'on se sentait bien
chez soi, sous la tente ; dans ce « *home,* » de quelques heures, dressé à la hâte.

Lorsqu'on s'aventurait au dehors, sans fumer,
les moustiques vous assaillaient insolemment. Ils
étaient très nombreux et très agressifs, comme
toutes les engeances de petite taille. Ils ne venaient
pas vous pomper le sang, comme les cousins de
chez nous, leurs congénères, mais voletaient bêtement autour de vous, sans attention, se laissant
avaler quand vous aspiriez, se mettant dans le nez
et les oreilles, se fourrant dans les yeux. Ce n'était
pas douloureux, mais très vexant.

Le charme de ce campement était si irrésistible,
que nous décidâmes d'y passer encore un jour.
Zické garderait les chevaux et la tente ; nous
partions avec le guide pour chasser le cygne.
Soudain, nous en apercevons à un détour du
Lac de l'Aigle. Vite, nous jetons les rênes à
Thorgrimur pour courir vers la berge ; mais
en revenant, plus de Thorgrimur ! Il est resté

dans un creux du champ de lave, mais lequel ?
Il y en a tant.

« Ohé ! Thorgrimur ! Ohé ! » rien ne répond.
Nous sommes bel et bien perdus ; le champ de lave
est vaste, et nous n'avons qu'un point de repaire,
le Lac qui s'étend dans le fond. Alors, à l'Indienne.
Nous nous penchons sur des traces de chevaux
imprimées entre les blocs de lave, dans le sable
volcanique ; nous discutons leur fraîcheur, leur
direction. Parfois nous nous asseyons pour causer
du déjeuner que Thorgrimur porte sur lui, le chan-
çard ! et nous gagnons très faim. La piste des
chevaux nous écarte du lac, c'est à dire de la tente,
et nous décidons de rebrousser le long du lac vers
le campement, abandonnant le déjeuner au guide,
quand soudain nous tombons sur celui-ci, en
débordant d'un creux. Ce léger retard avait am-
plement suffi pour nous convaincre de l'extrême
difficulté de s'orienter dans ces déserts de lave.
N'ayant pas de temps à perdre, nous déjeunâmes
en selle pour atteindre avant le soir le Recoin des
cygnes. Les chevaux mis au pâturage, l'un de nous
s'embusque au bord du lac, les autres le contournent pour ramener les cygnes sur le fusil.

Les cygnes nagent avec inquiétude de droite et

de gauche, tendant leur long cou, entraînant à leur suite un jeune oisillon, qui s'efforce de les suivre. Puis soudain le mâle se lève en quelques bruyants coups d'aile, et vole tout autour en un rayon circulaire, s'élevant toujours plus haut, pour se donner plus d'horizon. Nous avons beau nous couler par terre, son regard investigateur nous découvre, et il vient s'abattre bruyamment près de sa compagne. Dès lors il faut bien se décider à les canarder à toute distance ; ils se lèvent avec de grands cris, et piquent droit vers le même point de l'horizon dans la direction du névé. Le jeune cygne se tient sur place, sans bouger, en dehors de nos coups. Toutes les dix minutes, les vieux apparaissent en battant de grands coups d'aile avec un air de dire : Papa et Maman sont toujours là. Plusieurs fois ils reviennent avec la même mimique épouvantée, obéissant à l'admirable instinct que la nature a mis en eux ; ils semblent parfaitement se comprendre et avoir une exacte notion du danger, et lorsqu'après plusieurs retours ils ont la certitude que le petit est à l'abri, ils s'en vont très loin, vers le névé, pour ne plus revenir. C'est bien beau pour le naturaliste, ces sentiments de famille si développés, mais cela ne fait pas l'affaire d'un chasseur ; car là-bas parmi le gibier à plume, le cygne est avec la perdrix blanche, le seul coup de fusil digne d'un amateur qui se respecte. Les autres oiseaux sont si osés, qu'il n'y a aucune adresse à les tirer ; ils se laissent tuer au posé, ce qui d'ailleurs est très heureux au point de vue gastronomique.

Au retour, ce fut le même brouillard horrible, qui flottait sur les lacs et couvrait les montagnes, comme un suaire.

Cette nuit-là, nous avons été témoins d'un fait unique, qui va à l'encontre des affirmations, (il faudrait presque dire des calomnies) de certains voyageurs. Les Islandais, ont une réputation d'ivrognerie très accentuée, et cette réputation n'est plus méritée et a peut-être été toujours surfaite. Jadis leurs runes célébraient les joies de la bière, et les Islandais de bonne composition avouent qu'il y a une quinzaine d'années, on ne se contentait pas de les chanter platoniquement. Le mal était trop intense ; quelques hommes de bonne volonté se coalisèrent pour réagir. Ils formèrent des sociétés de tempérance qui se sont rapidement développées, beaucoup de gens en faisant partie, et, chose plus rare, en observant les règles. Nous avons pu constater par nous-mêmes, qu'il est exceptionnel aujourd'hui, de rencontrer des ivrognes. Durant tout le voyage, cela nous est arrivé une fois dans un enterrement, et deux ou trois fois à Reykjavik. Encore est-il probable, que les boissons alcooliques leur montent vite à la tête, n'en ayant aucune habitude et se nourrissant exclusivement de laitage. Sans doute il y a très peu de pays où l'on pourrait obtenir le même résultat, par la simple institution de sociétés de tempérance, par ce que peu de pays sont dans les mêmes conditions. Ailleurs, les occasions sont trop nombreuses, les débits de boisson sont tentateurs, les compagnons trop entraînants, pour qu'un homme enclin au mal de beuverie puisse tenir par le seul fait d'une décision une fois prise. Musset ne résistait pas à la vue de l'absinthe ; les meilleurs époux, les plus courageux ouvriers s'oublient dès qu'ils respirent l'atmosphère perfide du cabaret.

Pour réprimer l'ivrognerie dans d'autres pays, il faut deux choses : supprimer les tentations et donner de la force morale aux individus pour résister. La loi peut supprimer les occasions en diminuant le nombre d'établissements ; elle ne peut rien pour la résistance. C'est affaire d'éducation morale et de religion, une amende pour ivresse publique, n'est qu'une farce. Cela me rappelle toujours ces Norvégiens, qui ne pouvant s'enivrer dans les cafés, prenaient dans les hôtels de confiance des grandes lampées de bière, que par raffinement ils mélangaient dans la bouche avec une gorgée d'alcool, en les buvant coup sur coup.

En somme, les Islandais semblent réagir pour le moment contre la tendance qui pousse tous les peuples du Nord à s'enivrer par désœuvrement, réaction contre le climat, et festivités à l'intérieur des maisons. Ils semblent s'inspirer de cette maxime que nous avons trouvé sur une ancienne corne à libation : « Buvez un peu, s'il vous plait, je suis Grimur le bon ; il est bon de boire, vraiment, lorsqu'on ne boit pas trop. »

Il faut ajouter, pour compléter cette maxime, que la corne contient environ un litre. —

Or voici, le fait étonnant dont nous avons été témoin.

Vers minuit et demi, notre eau bruissait joyeusement sur la lampe, pour la préparation du grog, quand nous vîmes passer près de notre tente, trois individus à cheval. Ils venaient de Kalmanstunga et allaient voyager toute la nuit, pour arriver à destination le matin, — 1°, du brouillard, et huit heures de cheval en perspective. Comme ils viennent nous saluer, nous leurs offrons un verre, pour les réchauffer, et, chose inouïe, deux d'entre eux refusèrent parce qu'ils étaient d'une société de tempérance. L'autre lampa son grog avec délices et dut se sentir ragaillardi pour quelques heures; mais nous ne croyions pas un homme capable de refuser dans ces conditions une boisson chaude et réconfortante. Certes, c'est une interprétation judaïque et étroite de la règle; mais c'est une preuve de fermeté, c'est aussi un indice de ce caractère qui, malgré tout, perdure chez les Islandais: la tenacité du Normand.

Ils faisaient cependant cela à l'islandaise, très paisiblement, ainsi que nous refuserions une simple offre de politesse dans un salon; mais comme de si grands sacrifices ne vont pas sans compensation et qu'une politesse en vaut une autre, ils nous présentèrent une prise. C'est de cette manière que l'Islandais s'assimile le tabac. La boîte à prise est à vrai dire le seul objet de luxe des hommes; elle est souvent relevée d'argent et la forme en est, comme les anciennes poires à poudre. Pour s'en servir on introduit le goulot dans les narines et la corne passe

de nez en nez. Nous refusâmes, à leur grand étonnement ; puis ils sourirent d'un air d'intelligence :
« Sans doute que nous étions aussi d'une société
contre l'abus du tabac ? » ....

Des vallées avec de petits lacs continuent le
même paysage; l'une d'elles, extrêmement large,
s'étend à perte de vue avec un fond marécageux
qui doit être un excellent terrain pour la bécassine.
Avec la chaîne bleue qui la borde au loin, elle est
d'un horizon si large qu'on ne se croirait plus en
pays de montagne. Cela se nomme la Bruyère de
la Langue du Val des Saules. (1) Les Islandais ont
peur de ces grandes bruyères et ne s'y aventurent
pas, lorsqu'il y a du brouillard ou des rafales de
neige.

Vers le soir une crevasse profonde s'ouvre
soudain, toute noire, devant laquelle les chevaux
reculent ayant une erreur instinctive du gouffre, et
le bruit de la jolie cascade qui tombe en grondant
dans ce coin perdu, leur fait dresser les oreilles :
c'est dans la pierre vive un de ces endroits horribles, où la nature s'est figée dans une secousse avec
des lignes nettes, des angles rudes, des ombres
dures. Au-delà, se creuse la pittoresque Vallée de

(1) Vididalstungheidi.

l'Eau, (1) en grandes pentes rosées qui se rejoignent avec de souples ondoiements, tandis que les
crêtes des versants dressent dans le ciel leurs
silhouettes violacées. Cela s'atténue dans une dégradation de lumière rouge passant au rose le plus
tendre, avec une bande très pâle qu'on se montre,
pris d'émotion : la mer ! c'est-à-dire le chemin pour
aller au loin, le passage entre cette île isolée et le
reste du monde, et, comme paysage quelque chose
d'infiniment lointain, de mystérieusement profond.

A l'entrée de la vallée nous nous arrêtions dans
une ferme pour boire du lait de mouton. Jamais
dans aucun pays de montagne nous ne l'avons bu
meilleur et plus fort. Le gazon abonde dans cette
vallée, mais il est d'un prix rare. Autour de la
ferme il pousse plus dru, plus vert. A peine lachés,
nos chevaux en tondent quelques bouchées avec
une gourmandise peu déguisée, mais le gamin de
la maison qui les observait du coin de l'œil, s'em-
presse de les prendre par la bride pour les mener
à dix mètres de là, où le gazon est moins bon.
Nous lui donnons une pièce de cuivre, après avoir
payé la femme, il la retourne en tout sens ayant
l'air de dire : ça n'est pas assez pour le lait ! et ne

(1) Vatnsdalr.

comprenant pas qu'on puisse lui faire un présent.
A Reykjavik nous avions vu un gamin qui, assis sur
la barque de son père, défendait à tout le monde
d'y toucher. Ces enfants paraissent très égoïstes,
mais en allant au fond, on les comprend, leur
herbe est leur seul bien et la barque est pour eux
une chose précieuse.

D'ailleurs le voyageur constate dès les premiers
jours, que si l'Islandais ne l'exploite pas sans ver-
gogne, c'est plutôt manque d'expérience que caractère, et dans les endroits connus il y a des tarifs
qui étonnent pour un pays aussi primitif.

Rarement nous nous sommes vu offrir gratuitement la moindre chose. Les premiers jours nous
avons payé habituellement huit couronnes, tout
simplement pour le logement, quelques verres de
lait et de l'eau chaude. Car les premiers jours,
n'étant pas encore accoutumés au régime islandais,
nous mangions nos provisions et les produits du
fusil. Lorsque nous nous arrêtions dans une ferme
pour déjeuner, c'est-à-dire, pour prendre une tasse
de café et manger quelques tartines de pain bis, on
demandait souvent deux couronnes. Trois ou
quatre fois seulement pendant tout ce trajet on n'a
rien voulu recevoir ; c'était chez le président du

91

parlement, chez un sheriff pour un déjeuner, et chez trois ou quatre fermiers pour deux doigts de lait.

Ces prix nous étonnaient en comparaison de la Norvège, mais il faut y comprendre le pâturage des chevaux et le combustible qui est une chose précieuse dans ce pays, et ne se consomme qu'avec réserve. Lorsqu'il nous arrivait de faire laver notre linge par un mauvais temps, et qu'il n'y avait pas moyen de sécher dehors, nous payions jusqu'à 5 couronnes. C'est exhorbitant en apparence ; mais pour le sécher vite, il faut consommer beaucoup de combustible et le combustible est dans ce pays une valeur. Or il est juste que toute valeur se rémunère.

Ce sont là des réflexions, en quelque sorte économiques, qui n'ajoutent rien à la notion de l'hospitalité islandaise. L'hospitalité large, généreuse, recevant l'étranger dans sa maison et à sa table, ne se comprend que lorsqu'on a le superflu ou tout au moins l'abondance. Entre eux les Islandais exercent l'hospitalité de la façon la plus large ; ils se reçoivent et se nourrissent sans rémunération, parce que l'un chez l'autre, ils peuvent user de même sorte. Ainsi les guides ne doivent rien payer, même en cas de séjour prolongé.

Et, je crois, que c'est précisément l'introduction d'hôtels, bien plus que les questions de race et de tradition, qui font disparaître l'hospitalité dans nos pays en empêchant la réciprocité. L'homme de campagne mettra le citadin dehors, parce qu'en allant en ville, il ne sera pas reçu, et qu'on lui montrera l'hôtel.

Il y a cependant toujours une grande déférence pour l'étranger ; on est servi par la fille aînée de la maison ou par la jeune femme, si les enfants sont trop petits. Jamais on n'est abandonné aux rudesses des hommes, et rarement aux soins vénaux de la servante. C'est là certes une attention et une délicatesse.

Le matin elles viennent regarder si le voyageur dort encore, très doucement, de peur de l'éveiller ; et, sitôt qu'il ouvre les yeux, on les voit apparaître portant une tasse de café et des biscuits. « Bonjour » murmurent-elles, en présentant le plateau avec un doux sourire. Elles se tiennent debout, à côté du lit, attentives à vos désirs, jusqu'à ce que vous ayez savouré les dernières gouttes de la liqueur brûlante et elles avancent encore le plat de biscuits avec la formule d'invitation : « Soyez assez bon. » Puis, elles disparaissent avec la même démarche tranquille, le même geste calme pour chercher l'eau et du savon.

C'est une habitude que tous les voyageurs adorent et à laquelle on se fait très vite, une agréable façon d'être éveillé, et lorsqu'à l'hôtel de Reykjavik vous voyez le garçon qui vient vous servir le café au lit, en disant : « Monsieur, il est telle heure » d'une mine déconfite, vous regrettez l'aimable salut des filles.

Dès l'arrivée dans la ferme on prépare la boisson favorite, et au moment de monter en selle les femmes vous rappellent afin de boire une dernière tasse préparée pour ce moment, afin de « vider le coup de l'étrier, » ce qui n'est plus qu'une figure de style dans nos pays.

Mais ce qui nous a profondément étonnés, c'est la façon dont cette hospitalité s'exerçait les premiers jours. En arrivant devant une ferme, le guide pénétrait dans la maison, nous autres nous attendions dans la pluie ou le froid. Puis on entrait dans la chambre des étrangers, et après une heure de transes, le dîner arrivait servi par la femme, sans une seule parole. On ne voyait personne jusqu'au moment du départ, lorsque le fermier venait dire le prix de sa réception. Alors en voyant briller les pièces d'argent, il y avait un éclair de joie dans son regard et une poignée de main de remercîment.

C'était drôle et c'était bête. Cela détruisait ces notions que nous avions sur le Nord, dont l'hospitalité est la vertu la plus aimable. Si nous avions dû borner notre voyage au tour banal des premiers jours, nous aurions emporté de l'Islande cette idée: que l'hospitalité y était une chose passée de mode. Cela n'eut pas été vrai, car depuis, nous avons été détrompés et avons trouvé leur hospitalité charmante. Et c'est souvent ainsi pour ne voir qu'une face des choses, un côté d'un pays, on porte des jugements tout à fait erronés. Une foule de circonstances, qui échappent, modifient la situation et varient d'après les saisons, les latitudes, les époques. J'ai souvenir d'avoir fait en Suisse, au commencement du mois de Juin, une ascension de 3ooo mètres, que les dames font à cheval plus tard : c'était une des excursions les plus pénibles que j'ai faites; on s'enfonçait souvent dans la neige jusqu'aux genoux, et cependant, si je nommais l'endroit, je serais traité de farceur par les dames qui passèrent là, au mois d'Août. Des voyageurs affirment ne trouver que du lait aigre en Islande ;

il nous semblait au contraire excellent; tandis que bien souvent nous n'avons trouvé autre chose en Norvège. Les uns trouvent le voyage d'Islande frayeux; Burton prétend le contraire, parce qu'un jour en Afrique, un roitelet nègre lui a fait payer comme simple droit de passage, une somme supérieure à tous ses frais de voyage en Islande. — Erreur et relativité. — Cela est fatal, cela est d'ailleurs toute la vie, qui se modifie pour chacun sous la pression des circonstances.

Toujours est-il que les premiers jours nous étions reçus très froidement, sans en comprendre le motif. En voyant, peu de temps après, combien nos hôtes étaient gentils dans le Nord, et trouvant entre les insulaires du Sud et ceux du Nord, des dissemblances physiques nous croyions à une différence de race, à des traditions diverses; mais depuis, nous sommes revenus sur notre route, nous avons stationné dans des fermes, en dehors des chemins habituels, et l'hospitalité était exquise. Ce n'était donc pas affaire de race. Il semble plutôt probable que sur la Route de Poste, nous avions eu la malchance de tomber dans des fermes, où d'autres voyageurs avaient passé, et comme il y a toujours des excentriques, qu'on garde plutôt le souvenir de ceux-là ; nos hôtes n'aimaient pas les étrangers. Et puis, nous étions nous-mêmes moins froids, nous disions bonjour en islandais, nous pénétrions dans la maison, et, ainsi, avions-nous peut-être rompu entre eux et nous, cette barrière d'indifférence.

Nous pouvions entrer dans les fermes à toute heure du jour et de la nuit. Nous montions sur le toit pour réveiller les gens de la maison, ils quittaient leurs lits sans se fâcher pour aller se coucher dans le foin ; tous faits, par lesquels l'hospitalité se manifeste plus efficacement que par des paroles. Mais, lorsqu'ils ne vous considèrent pas comme l'hôte désiré, comme le voyageur lointain qu'on accueille à bras ouverts, qu'ils sont déjà blasés ou ennuyés à ce sujet, comme aux environs de Reykjavik, ils deviennent indifférents à votre égard, tout simplement, comme un hôtelier des autres pays d'Europe. Ici, nous avons pour tout le monde le même sourire banal, la même politesse quelconque qui sauve les apparences ; lorsqu'eux deviennent indifférents, avec leur tempérament de gens du Nord, ils le sont à un degré extrême. Ils ne façonnent pas leur figure à votre intention, et ne font l'effort d'aucune parole.

C'est de cette froideur que nous nous étonnions

97

les premiers jours; mais nous avons été dédom-
magés par deux mois de bonne hospitalité, et,
vraiment, il fallait qu'ils eussent pour l'étranger
une cordialité bien sincère, car ces gens si impassibles en quittant leur patrie et leurs amis,
manifestaient leur joie de nous recevoir par des
sourires et des gestes d'amitié.

Après être entrés quelque temps dans la Vallée
de l'Eau, nous voyions autour de la rivière un grand
mouvement de gens, montant des chevaux lancés à
fond de train dans la vallée, d'autres traversant la
rivière et paraissant de loin de petites nacelles em-
portées par le courant.

Autour de la ferme de Haukagil, le mouvement
s'accentue davantage ; on distingue de mieux en
mieux les chevaux sellés, les chiens qui jappent,
les gens se causant le fouet à la main, dans une
attitude de départ.

Silencieusement, nous allons serrer la main aux
femmes, aux hommes et parvenons à peine à échapper à un vieux très égayé par l'alcool. Il veut à toute
force nous embrasser, à la grande joie des assistants.
On vient d'enterrer la fermière et les voisins sont
venus après le service s'attabler à la ferme. De
petits enfants viennent curieusement nous saluer ;

les enfants avec leur fraîche carnation, que les intempéries n'ont pas encore brouillée, leurs grands yeux tranquilles, et leurs beaux cheveux blonds, sont presque toujours charmants.

C'est d'un aspect très pittoresque, tous ces chevaux sellés devant la maison, petites bêtes courageuses et ardentes, avec de grands étriers qui sonnent sur le flanc, et des selles de dame garnies de velours rouge.

Les invités partent par groupes ; après s'être embrassés sur la bouche ; les uns se dirigent vers la rivière, et bientôt on ne voit plus qu'un petit point noir qui va lentement le long de la montagne. On dirait plutôt le retour d'une fête, qu'un enterrement.

Quelques intimes restent plus tard, et parmi eux un homme très caractéristique qui rappelle les anciens vikings, descendant les grands fleuves dans leurs bateaux. De longues moustaches blondes retombent bas. Un nez fin, des yeux bleus très clairs, une haute toque en cuir garnie de renard bleu, et par-dessus le pantalon, de gros bas de laine noire montant jusqu'à mi-cuisse, et, attachés au-dessus du genou par un cuir.

Les hommes sont presque toujours de grande

99

taille, si on les compare aux populations du Sud; ils sont de taille moyenne, par rapport aux Allemands et aux Ecossais. Le buste est souvent allongé, toute l'allure est nonchalante; la tête longue sur des épaules étroites; des cheveux chatains, plus rarement blonds, leur tombent dans la nuque; la bouche est dure; les yeux bleus, clairs et froids comme de l'acier; le nez mince, long, se relevant par le bout avec les narines toujours noires par l'abus du tabac. C'est en somme le type normand, mais plus émacié, plus pâle par la rigueur du climat avec le développement du dos et des reins à cause des besognes de cheval, de barque et de fenaison. Ils ont la démarche déhanchée des gens de mer et des hommes de cheval. La taille est rarement petite, malgré le préjugé courant chez le vulgaire, que la stature se rapetisse en s'approchant du pôle. Sans doute une même race peut se racornir à la longue, par la rigueur du climat et une vie dure, mais si les Lapons et les Esquimaux sont si petits, c'est que leur espèce fut primitivement rabougrie, tandis que l'Islandais qui se rattache directement à la souche normande, bénéficie de la taille originaire. Les Allemands ne sont-ils pas plus grands que les Français; les

CARAVANE

Ecossais que les Espagnols; les Russes que les
Turcs à l'encontre de ce préjugé de latitude?

Ils semblent causer surtout de leurs chevaux,
qui font une partie de leur fortune et de leur seul
luxe, palpant la panse, tâtant l'échine, caressant la
croupe. Ils sont très fiers d'avoir de belles bêtes et
les essayent à tour de rôle, en les lançant au grand
galop à travers la prairie. Et lorsqu'elles se déve-
loppent, avec le cavalier qui excite, cela paraissent
de petites bêtes nerveuses et fines, comme des
chevaux arabes; mais en revenant près de vous
elles s'arrêtent paisiblement, l'air dolent et tranquille, l'œil terne comme de gros chiens — vraies
natures islandaises, d'une impassibilité absolue au
repos, mais résistantes, courageuses et capables
sous une excitation violente d'un grand effort.

Le maître de la maison se tient tranquillement à
l'écart; on nous dit qu'il est profondément affecté,
mais rien dans ses dehors ne dénote un de ces coups
terribles qui cassent un homme pour longtemps,
et il veille avec sollicitude aux soins de l'hospitalité.
Il paraît d'ailleurs que cette tristesse passera vite,
et le lendemain nous l'avons vu reprendre sa
besogne habituelle, comme si rien n'était changé
dans sa vie. Sur eux sans doute, l'émotion n'a pas

grande prise et le temps efface plus tôt qu'ailleurs. On comprend aussi plus facilement l'oubli chez l'homme du peuple que dans les classes cultivées ; il a comme distraction immédiate son travail manuel, son régulier train de vie qui continue et l'entraîne comme une chose dans le même engrenage, tandis que l'homme habitué au travail intellectuel est trop complètement absorbé par la souffrance, et n'a pas cette vivifiante fatigue du corps pour l'endormir et la distraire.

Le soir la domesticité qui s'était servie du brandy à volonté, était assez égayée, et après avoir chanté en chœur des psaumes, probablement en mémoire de la morte, ils ont continué sans interruption par des chants russes et danois, jusque fort avant dans la nuit, au milieu de rires très gais. Cependant ils avaient aimé leur maitresse eux aussi, mais il nous est difficile à nous autres, dont les émotions ont toujours un contre-coup physique, dont la souffrance devient bien vite une douleur des sens, de nous rendre compte des sentiments de ces natures froides. A tout moment elles déconcertent, même celui qui a déjà voyagé dans le Nord. Peut-être sentent-ils comme nous, mais que le tempérament, qui dans l'émotion rend les gens nerveux et vifs d'une impétuosité irrésistible, exagère chez eux la froideur apparente, — et souvent en songeant de loin à ces figures, elles vous apparaissent avec la persistance d'une énigme insoluble, comme des sphinges.

C'est ce soir-là que nous avons fait connaissance avec la cuisine islandaise. Jusqu'alors nous avions vécu de nos provisions, mangeant des conserves et du gibier, mais à ce régime-là nous devions mourir de faim ou avoir quelques chevaux de charge destinés exclusivement au transport des provisions. D'ailleurs nous étions très curieux de goûter le " skyrre " qui constitue le fond de l'alimentation islandaise. Cela avait l'apparence de cette crême épaisse que l'on sert en Flandre sous le nom de « crême bouillie » et qui est très agréable à manger. Au goût c'était assez aigre et fade, et nous eûmes toute la peine du monde à finir notre portion. Lorsque nous étions en train d'en avaler la dernière bouchée en nous encourageant mutuellement, le fermier apparut avec le guide pour nous demander « si nous le trouvions bon? » et afin de ménager la sensibilité d'un homme qui venait de perdre sa femme, nous répondîmes, en ravalant péniblement une dernière cuillerée, « que c'était excellent. »

Et Thorgrimur, flegmatiquement, comme un justicier : « Oh ! si c'est ainsi, vous en aurez tous les jours, messieurs, tous les jours. »

Il y a de ces moments, où l'on casserait les assiettes sur l'occiput des gens, où l'on place bien mal ses politesses. Néanmoins, le second jour nous sûmes avaler le tout sans trop de grimaces, et depuis nous en avons raffolé, jusqu'à en manger trois fois par jour. Sans cela, il eut été impossible de voyager dans l'intérieur de l'Islande. Après un léger entraînement, cela devient un mets très agréable, fort nourrissant et on le trouve toujours préparé dans toutes les fermes, ce qui est une économie de temps. Un Anglais, dont le climat boréal aiguisait singulièrement l'appétit, comptait les distances par les repas de skyrre et demandait au guide : « Combien d'heures y a-t-il d'ici au prochain skyrre ? »

Nous avons eu l'occasion d'assister à la préparation du « skyrre » et je serais heureux, de faire le bonheur de quelque cordon bleu, par la communication de cette recette de famille.

On bout du lait, pour le déposer dans des jares, où on le laisse refroidir une heure ; puis on verse le tout ensemble, en y mettant un estomac de veau (toujours le même, indéfiniment) ; de cette manière le petit-lait se sépare, pour laisser un résidu blanchâtre, dont on fait le fromage en d'autres pays. — Liez la pâte avec un peu de crême et laissez aigrir quelques heures. — Les étrangers et les gens prodigues, ajoutent au moment de s'en servir, du sucre et de la pure crême de mouton, ce qui forme un plat succulent. On sert à chacun une énorme portion, dans une jatte ou une grande assiette. Entre eux, les Islandais ont des pots en bois sculpté de forme assez originale, comprenant une portion entière et il est décent de vider à fond pour faire honneur aux talents culinaires de l'hôtesse. Le lait qui avec le café constitue la seule boisson, est excellent et meilleur que n'importe quel lait d'un autre pays. Jamais nous ne l'avons trouvé aigre, et le beurre, de première qualité, est non seulement bon, mais excellent. Le fromage est assez rare; il ressemble, sans être aussi mauvais, au fromage norvégien, très brun, pâteux, avec un goût fade dont le seul souvenir écœure. Les Islandais conservent le petit-lait, provenant de l'opération du skyrre dans un grand tonneau : il y devient très vieux et très aigre, c'est une boisson tout à fait mauvaise, mais rafraîchissante et qu'ils affectionnent.

En un mois nous eûmes quatre fois des œufs et quatre fois du poisson.

Heureusement, nous n'étions pas privés de tabac ayant trouvé à Reykjavik du Porto-Rico, très fumable et de bons cigares danois. Le tabac est bon en Islande, parce qu'il l'est en Danemarck et qu'il en vient directement sans payer de droits. Il n'y a d'ailleurs ni droits, ni douane en Islande. Heureux pays sous ce rapport, où le voyageur n'est pas soumis aux formalités et aux investigations d'agents subalternes, où l'on ne vient pas déplier son linge, ouvrir les boîtes de plaques photographiques, déranger ses cartouches, sous prétexte de confisquer 25 cigares cachés dans un coin.

La Vallée de l'Eau est plus animée à cause des prairies herbeuses et des nombreuses fermes. C'est comme une vallée du nord de la Suisse. A mi-chemin, dans la vallée, habite le Sheriff de ce district, un fermier ayant une maison très bien tenue. Lorsque nous sommes entrés avec le guide, on nous a dit deux mots, et on nous a servi du très bon café avec d'exquises crêpes. Mais la maison continuait son train normal comme si nous n'étions pas; la dame traversait la salle, comme si elle eut été vide, des jeunes gens venus des fermes voisines causent avec les gens de la maison, sans prendre garde à nous. Le maître, actuellement absent, s'est acquis une réputation d'intelligence ; il professe pour Napoléon-le-Grand un culte appris on ne sait à quelle école. Le portrait de l'empereur trône au milieu de la salle. Sans doute, c'est un de ces enthousiasmes qui commencent pour certains hommes ou certains livres, parce qu'on a une belle édition, ou un beau portrait.

Nous avons rencontré là un surnuméraire de Shériff, qui devait gagner rapidement son poste en l'absence de son chef. Il voyageait nuit et jour ; ses chevaux étant fatigués, il eut beaucoup de peine à nous suivre, et resta bientôt en route. Mais tandis que nous inspectons des tumulus de matières vol- caniques, une centaine de monticules noirs et très réguliers qui se trouvent serrés les uns contre les autres comme nos dunes, le Shériff nous devance muni de nouveaux chevaux et d'un homme racolé dans une ferme. Je dois reconnaître au Shériff que c'était un très beau garçon, bien découplé, à l'air in- telligent avec des yeux clairs et une belle moustache.

« Bonjour Shériff ! » que nous lui disons « bon voyage. »

Mais voilà qu'un soupçon nous prend : combien

de lits y a-t-il à la ferme prochaine, Thorgrimur?

« Un lit mais nous l'aurons, car je connais le fermier, et un Islandais doit céder la place à un étranger. »

« Un lit pour cinq? Eh! bien nous sommes propres! »

Et voilà pourquoi le Shériff allait, tout d'un coup, si vite.

La riche et verte vallée de l'Eau va vers la mer en une pente marécageuse ayant l'ampleur des paysages de Hollande, et c'est une des curiosités de l'Islande que cette différence tranchée des paysages se succédant sans cesse : la lave touchant le marais, la mer baignant les montagnes. Nous poussons vers la mer jusqu'au pied de la Montagne de la Vallée de l'Eau, qui domine tout ce paysage d'une altière pyramide, comme le donjon extrême du long mur d'enceinte de la vallée et la contournant de nouveau, nous tournons le dos à l'océan pour rentrer dans le pays par une vallée nouvelle.

Une bise froide s'est levée, devenant de moment en moment plus furieuse; on doit fortement serrer la selle, se tourner contre le vent pour ne pas être secoué de son cheval, et parfois les chevaux reculent de biais, sous la rafale qui fouette comme des lannières tranchantes et coupe la respiration. A main droite un torrent, joliment encaissé, roule en une chute, mais son bruit ne se perçoit pas au milieu de l'épouvantable vacarme de la tempête. C'est un bruit strident, unique, non pas comme dans les montagnes boisées ou dans les plaines, où tous les êtres mêlent leurs clameurs diverses en un bruit confus, mais comme une chose sauvage qui glisse sur les montagnes en un sifflement uniforme et terrible : — « l'Ennemi de Tempête » qui passe. Toujours on va, on va, collé à la selle avec le plaisir de la lutte d'abord, bientôt galvanisés par la froidure, filant l'un derrière l'autre en morne file, comme des oies, sans une parole, avec le chapeau rabattu, l'échine penchée, le fouet qui pend. En se rencontrant on voit les lèvres s'arrondir en une contraction bizarre essayant de formuler des sons. Cela doit signifier, sans aucun doute : « quel vent, mes frères ! »

Enfin on voit la ferme, mais les chevaux du Shériff pâturent tout autour. Le guide revient nous dire que nous aurons le lit, le seul lit, que le magistrat logera avec lui dans une autre chambre. En entrant nous trouvons le Shériff assis au bord du lit, débotté, comme pour une prise de possession. Il exerce son droit de premier occupant, mais entre lui et le guide s'échangent des mots froids, courts, incisifs, et nous voyons le Shériff qui reprend ses bottes comme pour les remettre.

« Non, Shériff » nous lui disons « nous ne voulons pas que vous mettiez vos bottes, vous avez passé la nuit à cheval, vous êtes fatigué. Il n'est que neuf heures et dans deux heures nous serons à la prochaine ferme. »

Mais Gudmunsen qui après s'être envénimé dans la discussion, prétend ne pas céder et le fermier lui-même qui a l'espoir d'être payé par nous, au lieu d'héberger gratuitement son compatriote, n'entendent pas de cette oreille. Et tous trois, s'encolèrent très fort, à l'islandaise, sans un geste, avec quelques mots coupants, et de gris regards qui luisent des sombres lueurs d'acier ; s'entêtant avec la ferme résolution de ne pas céder, et un air de gens vindicatifs qui n'oublieront jamais une injure reçue.

Nous décidons de pousser jusqu'à l'autre ferme : c'est plus correct, et puis, deux heures de cheval, une bagatelle !

Tandis que nous expliquons cela au Shériff, en différentes langues, voilà ce drôle qui ne daigne

pas même nous répondre. La colère est arrivée
chez lui à son paroxysme, c'est-à-dire, à son
maximum de froide concentration : il ne trouvait
plus une parole à nous dire, plus un regard à
donner. Et majestueusement, il remet ses bottes.

Nous avons décidé de partir et nous partirons
en lui faisant cette politesse, mais en la regrettant ;
car on se repent avec la même intensité, de manquer à un galant homme, et d'obliger un malotru.

En selle ! Sur le ciel bleu d'abord, le vent vient
d'amener du fond de l'horizon, des nuées poisseuses
qui font tache d'huile et dont le sombre reflet
envahit tout le paysage. Le vent fait moutonner le
Lac des Porcs que nous longeons, et lever à la
surface fouettée comme une fumée de poussière
d'eau, comme de petites trombes qui montent un
instant au-dessus de l'eau, blanches apparitions
errant un instant sur le lac, et, dissoutes par le
souffle de la tempête. Je ne puis malheureusement
observer à mon aise ce singulier phénomène, car
depuis cinq minutes je suis à trotter à pied,
derrière mon cheval. Mon chapeau s'étant envolé,
j'ai dû sauter à terre et l'autre à continué
tout doucement derrière la caravane. J'ai beau

(1) Svinavatn.

crier, les amis ne m'entendent pas et ne s'aperçoivent de rien, jusqu'à ce que mon rossard
toujours plus animé, les devançat, qu'ils virent la
selle vide et le cavalier trottant au loin. C'était la
première fois en Islande, que je m'apercevais de
l'utilité des arbres. Positivement, ils ont du bon
pour attacher sa monture.

Plus loin, on avance lentement à travers un
marais coupé de fondrières, dont la surface vacille
et se relève élastiquement, comme si elle était en
caoutchouc ; les chevaux avancent avec précaution
flairant le sol comme des chiens, l'échine tendue ;
parfois l'un d'eux s'enfonce jusqu'aux culottes,
s'étalant sur le ventre d'un air éperdu et se
dégageant d'un bon coup de reins.

Tout le monde est couché lorsque nous arrivons
à la ferme. On grimpe sur le toit, on éveille les
gens, on dîne. La fermière vient étaler un matelas
à la chambre des étrangers, pour mon compagnon ;
moi-même je suis logé à la chambre des hôtes, sous
les combles. Tout autour des robes et des vestons.
Le lit dans lequel je me glisse est encore chaud,
venant d'être vidé en mon honneur par les gens de
la maison qui se sont couchés dans le foin, et après
une première moue de civilisé pour cette sensation

nouvelle, on se carre on jouit du bien-être de ces draps chauds après une course froide. Ce lit d'ailleurs n'était pas plus malpropre que les lits d'hôtels, chauds encore d'un Russe ou d'un Polonais, et que le garçon vient d'asperger d'insecticide.

Non loin du Lac des Porcs, une dénomination ancienne, donnée au temps qu'il y avait des porcs en Islande, car maintenant, hélas ! il n'y en a plus, et le nom n'est qu'une évocation mélancolique des savoureuses côtelettes, des délicieux jambons qui réconfortaient les Islandais d'alors, la Rivière Trouble (1) coule.

Nous avions eu l'intention de traverser le Grand Sable (2) pour aller à Akureyri, mais le guide nous l'avait déconseillé, parce qu'à ce moment la Rivière Trouble était trop grosse, à cause de la fonte des neiges, et qu'il y avait encore trop de fondrières.

A l'entrée de la vallée de la Rivière Trouble, on la voit se développer en gentils méandres, n'ayant l'air de rien avec ses détours, ses filets d'eau, ses îles. On ne peut cependant la passer au gué habituel, parce qu'il y a trop d'eau et que le fond en est mouvant cette année.

Alors commence un spectacle tout nouveau pour

(1) Blanda. (2) Storisandr.

113

nous. On enlève les selles, les mors, les bacs pour les déposer dans une barque. Zické passe le premier avec les bagages. Au bord de l'eau les chevaux attendent, reniflant du côté de la rivière, la regardant de travers, ayant l'air nus et frileux sans leur harnachement. Des coups de fouet, quelques cris. D'abord ils hésitent, humant l'eau, comme on fait avant de prendre un bain froid; puis l'un d'eux se décide, toujours le même qui est en tête de file pour passer les torrents et, lourdement, il va à l'eau. Les autres suivent et battent le torrent en de grandes aspersions bruyantes; soudain ils descendent jusqu'à l'épaule et l'eau monte, elle monte contre eux, comme elle fait pour les pierres, se heurtant en écumant, se séparant en longues traînées courantes; les épaules s'enfoncent, le cou, et l'on ne voit plus que les têtes des courageuses petites bêtes, les narines palpitantes avec un flocon de crinière dressée. Rapidement elles dérivent, entraînées par le tourbillon, tournant la tête vers la rive, contre le courant, en soufflant. Toutes humides encore, on leur donne une caresse; on les ressellé et on part. Le paysage est beau d'une beauté très singulière. Les montagnes en pierres rouges, plaquées de touffes d'herbe verte, se fondent dans la distance, par la combinaison des couleurs en montagnes très violettes. C'est la seule fois que j'ai vu la nature adopter le procédé des néo-impressionistes, Seurat et Cie. Au milieu, la Rivière Mêlée coule très vite, d'une seule pièce, toute grise, ayant l'air mauvaise et froide.

Après la vallée de la Rivière trouble, on traverse la vallée de la Rivière noire (1) vers le fiord de Skaga. C'est un vrai paysage du Nord, avec de gros nuages qui roulent au-dessus du fiord livide, et dans la mer lointaine, trois ou quatre îlots de basalte se marquent brutalement en couleur sombre. C'est l'île du Géant (2) qu'habita le légendaire Grettir le Fort.

Sigurd son serviteur, s'était assoupi près du foyer ayant mangé beaucoup de mouton et bu de l'öl. Il avait été chargé par ses maîtres de veiller à ce que le feu ne s'éteignit pas, car tour à tour ils devaient l'entretenir pour ne pas en manquer sur ce rocher solitaire. Dans le lit, sous l'édredon épais, les deux frères dormaient, deux bandits qui avaient été mis hors la loi et s'étaient retirés dans cette retraite inaccessible : l'Ile du Géant dans le fiord de Skaga.

(1) Svarta. (2) Drangey.

Dans la grande lutte entre les dieux et les géants, Odin, vainqueur de ses terribles adversaires, les avait changés en pics monstrueux qui maintenant encore se dressent fiers et inaccessibles au sein des névés vierges et des flots tumultueux de la mer. Si raides, quela neige ne tient pas sur les parois et qu'au milieu de la blanche nappe hivernale, eux seuls restent noirs comme une perpétuelle menace contre le ciel.

Grettir le Fort et son frère s'étaient retirés dans cette île, accessible seulement par une échelle de fer, et lorsque les fermiers dont ils volaient les moutons venaient les attaquer, ils roulaient sur eux des quartiers de rocher qui coulaient leur barque.

Par les ouvertures qui aéraient la hutte de terre, une lumière rose tombait et le froid entrait plus piquant. Grettir se réveilla, il passa la main dans ses longs cheveux blonds, et dans son œil bleu, très froid, passa un éclair de colère:

« Sigurd, dit-il en ricanant méchamment, tu es paresseux comme une femme, tu dors comme un phoque en été; » et de sa main puissante il lui secouait la peau de mouton sur les épaules. Puis il s'approcha du foyer, il souffla sur les briques de fiente de mouton pour ranimer la flamme; mais les briques éteintes, toutes rousses, fumaient sans brûler. Lorsqu'il eût soufflé longtemps et que la hutte fut devenue plus froide: « Je m'en vais chercher du feu à terre, » dit-il à son frère, et il laça à ses pieds ses légers brodequins en peau de phoque.

En vain son frère et Sigurd le suppliaient de renoncer à cette dangereuse entreprise; il glissa dans sa ceinture son long poignard et poussa la porte.

Dehors, il faisait clair. Depuis plusieurs jours, la perpétuelle nuit polaire était éclairée par cette pâle lumière rose qui auréolait le ciel du côté du nord, elle traînait sur la couche épaisse de neige, et dans le loin les montagnes de la côte se dressaient toutes pâles comme un monde planétaire. Des cormorans, perchés au bord du rocher comme des penseurs solitaires, se levaient avec des cris rauques, des cygnes passaient dans le ciel, et dans la mer unie et douce comme de l'huile, le Rocher du Géant profilait vers le sud sa grande ombre noire.

« Donne-moi un vase pour mettre le feu, » dit Grettir en marchant vers l'échelle. Celle-ci était toute glacée par la gelée qu'il faisait et des mains moins rudes se fussent collées au fer en y laissant la peau; mais Grettir était le plus fort des Vikings, et sa main abattait ses ennemis comme un jonc de marais.

Grettir se jeta dans l'eau glaciale, et lorsqu'après des efforts surhumains il eût atteint la rive, il se dirigea vers la ferme voisine et poussa la porte. Une femme seule se trouvait dans la chambre, et voyant apparaître ce fantôme de l'Hiver avec ses vêtements raidis et sa barbe blanchie par le givre comme la laine des moutons, elle sauta de son lit pour courir vers la chambre voisine où se trouvaient les hommes.

« Qui donc es-tu, dit-elle, pour entrer ainsi sans frapper dans la demeure des honnêtes gens? »

« Je suis Grettir le Fort, dit-il, il fait froid et j'ai besoin de feu. Voulez-vous m'en donner? »

En appelant, la femme pouvait éveiller les ennemis de Grettir qui auraient été heureux de saisir cette occasion de le tuer; mais elle regarda le sablier qui marquait le premier quart de la journée et elle se rappela que c'était l'anniversaire de Noël.

« Grettir, dit-elle, quoique vous soyez un bandit et que vous voliez nos moutons, je vous donnerai du feu, èt je vous laisserai aller en paix, au nom de Christ, en mémoire de l'anniversaire de sa naissance. »

Elle remplit de feu le vase de Grettir et lui donna sur la bouche le baiser de paix à la façon islandaise.

Grettir se remit à la nage en poussant son vase devant lui. Il ralluma le feu et, tout en se chauffant, conta son aventure. Alors ces rudes brigands prièrent, en se rappelant qu'on leur avait parlé dans leur enfance d'un Dieu plus fort, qui avait vaincu Odin.

En arrivant à Vidimyri, nous avions vu deux hommes nous regardant déballer de l'intérieur, et nous pensions que c'étaient deux Anglais en installation de pêche. C'était le pasteur lui-même et un néophyte qui nous serrèrent paisiblement la main et partirent sans mot dire. Pendant deux heures nous attendons un peu d'eau chaude pour le Liebig, une morue bouillie et des pommes de terre, — le premier légume depuis la capitale! Et comme elles semblent exquises, ces pommes sans fécule et sans saveur !

Le pasteur est un petit individu à yeux gris et à barbiche blanche. Sa fille est rousse, laide. Le soir (il y avait un harmonium dans un coin) le guide

met ses grosses bottes sur les soufflets, prélude, et
la fille du pasteur chante d'une belle voix inculte
des chansons danoises ayant une certaine allure,
célébrant les plaisirs de la chasse et la grandeur de
la patrie. La nuit tombait. Nous étions assis dans un
coin à fumer nos cigares; elle chantait toujours avec
âme et le guide l'accompagnait en sourdine. Dans
la pénombre, on voyait le profil du pasteur penché
vers elle, et la regardant avec une affectueuse fierté
de son petit œil gris qui luisait de joie. On oubliait
qu'elle était rousse, qu'elle était laide.

Lorsque sa voix s'arrêtait et que rien ne bruissait
dans la chambre, on entendait dehors une autre
musique. Celle-là, c'était celle du vent qui battait la
maison par rafales, et on percevait l'appel lugubre
de l'oiseau des tempêtes. Dans le crépuscule de
minuit, sous le voile flottant de brume, les montagnes d'Islande s'estompaient noires et froides,
comme un paysage d'outre tombe.

Puis elle se retira, toute raide et magistrale
comme une druidesse antique, s'inclinant à peine
à nos remercîments, et nous vîmes le pasteur
qui dans un coin montrait un objet au guide
en riant beaucoup, avec des signes de tête et un
air de dire : « Ah ça! mon gaillard, ils verront

120

là une chose, qui ne se trouve point partout ! »

La porte n'était pas fermée que nous nous jetions dessus et nous retirâmes un meuble réservé à des usages intimes, en belle faïence coloriée . . .

Ce pasteur touche environ 1400 francs par an, sans compter l'occupation gratuite de la ferme. Les prêtres se recrutent parmi les fermiers, ils font leur théologie à Reykjavik et mènent une vie qui ne diffère pas sensiblement de celle de leurs subordonnés. Ils occupent une position très enviée, puisque le traitement constitue une jolie fortune pour le pays ; cependant nous en avons vus qui avaient une situation misérable et dont l'habitation dénotait peu d'aisance. Les prêtres sont payés par les fidèles, mais comme ce paiement pourrait rester en souffrance s'il était abandonné exclusivement à leur piété, il est régi par la loi. Chaque fermier, chaque pêcheur doit un tantième proportionné à la valeur de sa fortune ou de son industrie. Ils ont aussi l'habitude de nourrir chacun un mouton pour le pasteur et de déposer des offrandes aux cérémonies religieuses : baptêmes, mariages ou enterrements, dans le vieux plateau de cuivre, qui se trouve sur un piédestal devant la chaire. Ainsi le casuel enjolive encore le traitement.

Les prêtres ont une grande influence qui se manifeste dans la vie politique et ils occupent un beau nombre de sièges au Parlement. Cependant ils ne semblent pas avoir un ascendant moral considérable, car les fidèles qui sont dans les meilleurs termes avec le curé ne se gênent pas pour manquer aux offices, et les rares admonestations du clergé pour relever une situation de famille irrégulière, restent sans effet. Il faut croire qu'il se désintéresse de cette direction morale; mais aussi quel dévouement attendre d'un clergé, qui par son mariage et ses occupations rurales est en lutte d'intérêts avec les fermiers et tombe dans les errements du commun; dont la vocation n'est pas inspirée par un motif de charité, mais dans un simple but d'argent: l'espoir d'occuper une situation plus lucrative?

Quant à l'hospitalité, pratiquée si largement par le clergé catholique, on peut affirmer qu'elle est peu cordiale, puisque chez tous les pasteurs on nous a hébergés moyennant finances et sans avoir l'excuse d'une position précaire. Cette hospitalité était même plus froide que celle du commun.

Tous les prêtres sont soumis à la juridiction d'un évêque résidant à Reykjavik. Au moyen âge, sous

122

le régime catholique, il y avait 2 siéges épiscopaux et huit couvents. Leurs biens furent sécularisés par la Réforme. Actuellement le clergé possède environ un septième des propriétés.

Les charges passent souvent de père en fils; chaque pasteur dessert habituellement plusieurs paroisses à tour de rôle, de sorte que les fidèles sont souvent privés de cérémonies religieuses pendant trois semaines. Nous nous étions longuement concertés pour présenter des remercîments bien sentis au pasteur de Vidimyri, et en recueillant tous nos souvenirs classiques, nous étions parvenus à composer une phrase qui ne manquait pas de grandeur. « Gratias ago tibi maximas.... » commençait-elle. Le pasteur la coupait à chaque mot par un ja! ja! accompagné d'un bon sourire, mais il ne semblait pas soupçonner que ce fût du latin plutôt que de l'iroquois. La fin du boniment nous rentra.

Nous avions l'habitude de diviser les jours, en jours de suroît et jours de non-suroît. Le matin nous consultions Zické pour savoir si nous devions mettre notre casque huilé; lui reniflait l'air, faisait une grimace du côté du vent et décidait. Rarement il s'était trompé; ce matin-là il nous avait accosté en disant: « Jour de suroît, messieurs! » et il montrait sur le ciel de gros nuages sombres qui passaient par bordées.

Nous passons des marais et les bras nombreux des Eaux du District (1). L'un deux se traverse en barquette tandis que les chevaux nagent ; les autres peuvent se passer à gué, mais sont très impétueux à cause des pluies. Pendant cinq heures l'averse ruisselle sur notre manteau huilé, elle nous tombe froide et glaciale sur le visage et sur les mains, garanties à peine par des gants de « stulka », des gants de jeune fille en grosse laine tricotée. Mais tout de même, on jouit sous la carapace imperméable, étant sec, ayant chaud, avec ce plaisir de défier les éléments, qui constitue une des joies de la chasse et du voyage.

Force nous est de stopper à la ferme de Silfrastadir. Plus loin le torrent est trop rapide à cause de l'abondance des pluies. Il y avait bien un pont les années précédentes, un des rares ponts du pays, mais il a été emporté au printemps dernier et les ponts ne se rétablissent pas en Islande. Ce serait une « impense voluptuaire. »

Qu'allons-nous devenir dans ce trou ? Si le temps continue de cette manière, nous ne pourrons

(1) Heradsvötn.

124

traverser le Sable qui Crève. (1) Nous devrons ainsi renoncer à l'une de nos excursions favorites et ce qui est pis encore rebrousser par le même chemin, ou bien faire un détour d'un mois par la côte de l'Est, car les bâteaux ne peuvent pas aborder dans le Nord à cause des banquises. Nous manquerons notre vapeur à Reykjavik et Dieu sait quand nous reverrons le pays. Ça se gâte, ça se corse.

Etre devancé par un Sheriff malotru, qui vous prend le seul lit, et devoir circuler une partie de la nuit dans des fondrières. Ça manque de joie!

Arriver chez un pasteur qui vous fait poser deux heures, la faim dans le ventre, pour vous offrir une morue, ça manque de joie?

Devoir stopper par la pluie, devant un torrent, sans un livre, sans canne à pêche, perdre son temps et ne pas savoir quand on s'en ira. Ça manque de joie, ça manque de joie, ça manque de joie!

Ce fut la première fois, ce jour-là, que nous nous chauffâmes en Islande. C'était une dure privation, le soir, après une journée froide et avec des vêtements imprégnés d'humidité, de ne pouvoir s'approcher du feu. La cuisine est le seul endroit où l'on fasse du feu dans les fermes islandaises : elle se

(1) Sprengisandr.

125

trouve au bout de la maison, au fond d'un couloir absolument noir et très bas, comme toutes les entrées et tous les couloirs en Islande. Dès que l'étranger se présente, la place se vide comme par enchantement. On ne sait si c'est par déférence pour l'hôte ou par ennui, mais du moment qu'on pénètre dans une place, désireux de voir les gens à l'œuvre, de le s étudier de près, ils se retirent et on est isolé sans avoir l'occasion de rien apprendre. Il faut que le guide les prie instamment de ne pas se déranger et de continuer leur besogne. Rester toujours dans la chambre des étrangers manque d'intérêt ; livré à ses propres réflexions, séquestré loin des gens après une longue journée de voyage dans un pays aride et désert, vous pouvez vous croire dans n'importe quel réduit de n'importe quel endroit de la terre. Vous avez de la peine à observer les mœurs, car les mœurs des autres contrées se perçoivent un peu partout : à la rue, en voyage, dans des rapports continuels ; mais en Islande il faut forcer les choses, se mettre au niveau des gens, se chauffer à la cuisine, loger dans leur chambre. Sinon, vous passez en Islande sans rien voir de ses habitants et vos jugements ne peuvent être que des racontars comme beaucoup

126

de touristes s'en passent de génération en génération.

Heureusement, la crue a diminué pendant la nuit, nous pourrons continuer notre voyage. La vallée est joliment avoisinée ; parfois il y a de petits coins charmants avec des torrents qui moussent en écume blanche, qui sortent d'une crevasse pittoresque avec un dôme bleu de montagne dans le fond, ou bien ce sont des perspectives lointaines de vallées qui s'en vont en pentes douces. Le torrent remonte sur la droite vers sa source et de l'autre côté descend une nouvelle rivière dans la Vallée des Taureaux. (1) Au premier plan, la ferme avec ses angles rudes et son toit de gazon ; de part et d'autre les versants, l'un en pente douce, l'autre en une succession de cônes arrondis avec de petits tumulus dans le haut et cela s'en va par teintes tranquilles, baignées dans la lumière bleue du soleil. Très fin, très exquis. Au fond le ruisseau roule en gracieux méandres, plus loin cela fera un rude torrent qui gronde et emporte furieusement toutes choses. Humble commencement, qui va grandissant jusqu'au ravage.

Nous entrons dans la hutte jusqu'à la chambre commune, la *badstofa*. C'est un singulier spectacle

(1) Oxnaddahr.

que cette salle à moitié éclairée par une seule fenêtre et dont quatre lits garnissent les coins. Au milieu, une table avec des coffres qui servent de siège, une armoire et le rouet brun. Dans un coin, le vieux fermier dort, il est malade, tousse, crache, grogne des mots barbares. Nous ne savons ce qu'il a, ce vieux, et en sa présence nous devons manger des galettes et boire du lait. Alors il faut un brin de courage, serrer les poings et très vite aller respirer l'air frais du dehors. Une rondelle de carton, cuite à point dans de la graisse de mouton, procurerait à peu près les mêmes jouissances, que ces galettes.

Le pain est d'ailleurs la seule chose à laquelle on ne peut s'habituer en Islande. Pain noir, fait avec du seigle importé d'Amérique, il est très indigeste. La cuisson est défectueuse et même frais il est aigre parce qu'au lieu d'employer le levain pour le faire lever, on emploie de la pâte aigrie. Nous avions bien au début quelques biscuits, mais dans les secousses du voyage ils avaient été réduits en miettes, les boîtes s'étaient ouvertes et il s'y était mêlé du sucre et du poivre.

Le soir, c'était dans notre potage un condiment fort recommandable, très réchauffant après le froid ,et qui variait la fadeur des mets.

Après avoir essayé une quinzaine de jours de manger du pain, nous dûmes y renoncer, ou du moins n'en prendre qu'une quantité indispensable.

La Rivière des Taureaux (1) devient de plus en plus impétueuse. Nous cherchons un gué, mais en le traversant, le courant nous rabat les jambes sous le ventre du cheval, il remonte le long des bottes en écumant, faisant du remous contre le cheval qui a besoin de toute sa vigueur pour n'être pas emporté ; il nous mouille, tourbillant si vite, si vite, que la rive fuit en arrière comme dans un vertige et que les montagnes semblent filer en une danse désordonnée. Thorgrimur suit avec attention toutes les péripéties de la traversée. Lorsque, inexpérimentés que nous sommes, nous atteignons l'autre rive dans une complète inconscience du danger, Thorgrimur nous regarde dans le blanc des yeux en disant : « cela s'est bien passé, cela pouvait aller très mal. » Puis, mon compagnon et lui, descendent de selle, tirent leurs bottes et les retournent pour laisser écouler l'eau.

Le paysage devient très original. Derrière la montagne surgit une pointe, comme la flèche ogivale d'une cathédrale ; puis une arête comme le

(1) Oxná.

toit d'un bâtiment. Cela grandit toujours, les clochetons s'ajoutent aux clochetons, les arêtes aux arêtes et aux découpures fantastiques ; des contre-forts puissants soutiennent l'édifice. Tout le rocher bizarrement dentellé comme le Pic des Sorcières en Norvège est dominé par cette pointe plus aigue, plus fine. Celle-là, c'est le Pic du Géant, (1) encore une des victimes de ce féroce Odin, qui pendant les neiges d'hiver reste toujours noir et vierge,

Dans la prairie croit la gentiane, cette jolie fleur des montagnes, si bleue, qui ne se rencontre dans les autres pays qu'à de certaines altitudes, — et, lorsque plus tard, on retrouve parmi ses papiers, ces fleurs ceuillies au hasard de la route, il en émane un parfum de souvenirs, comme d'une fleur d'amour.

Le soleil se couche sur ce magnifique paysage suisse par grands nuages transparents et carminés, le bleu du ciel est très pâle ; il flotte aussi quelques voiles du bistre le plus délicat. Toutes les couleurs cotonneuses à l'œil, sont d'une légèreté de teinte à défier l'aquarelle elle-même, et pour l'artiste c'est une des beautés de l'Islande que ces illuminations tranquilles et reposantes. Parfois, par un phéno-

(1) Drangr.

130

mène plus rare dans d'autres pays, les nuages affectent des formes si abruptes, si nettement découpées, qu'on ne les distingue pas des montagnes ; les nuées se marquent en longues bandes blanches qui tranchent sur le ciel noir comme un névé.

La ferme est habitée par un ancien membre du Sénat. Il est voûté par les 85 ans qu'il compte. Son nez est long, penché ; un petit œil gris couve sous le sourcil. Il porte un vieux gilet en cuir, une barbe grise de marin et crache beaucoup, en ayant les mains dans les poches. Il a l'air d'un bon campagnard ardennais, avec un acceuil très aimable. Dans la chambre des étrangers nous trouvons quelques vieux coffres et de vieilles armoires à fermoirs d'argent, transportés jusque-là à dos de cheval.

L'ensemble a un air plus confortable qu'ailleurs. Le membre du Sénat a un W. C. très mal tenu. C'est d'ailleurs un des seuls que l'on voit en Islande, car on y est encore sous ce rapport, de l'école du plein air.

Il y aurait d'intéressantes études économiques à faire à cet égard, mais ne trouvant pas des formules assez propres, il suffira de dire que la terre est rarement fumée, et que dans les deux ou

131

trois fermes où la prairie avoisinante était soignée, on obtenait une herbe meilleure.

La vallée continue jusqu'au Fiord de l'Ile; (1) puis on prend à droite, le long de la mer vers Akureyri.

On voit dans le lointain, la bâtisse blanche de Modruvellir. C'est une des seules écoles d'Islande, car l'instruction n'y est pas obligatoire comme en Norvège. Les enfants reçoivent en famille, de leur mère, ce qu'on pourrait appeler l'instruction primaire; presque tous savent écrire, tous savent lire et pendant les longues soirées d'hiver ils étudient et apprennent par eux-mêmes.

Il y a trois écoles de filles et deux écoles de garçons pour les études supérieures. Au pensionnat de Modruvellir, fréquenté par une quarantaine d'élèves, on enseigne les sciences et les langues. A Reykjavik, on donne un cours d'humanités suivi par 125 étudiants, un cours de théologie et de médecine. Cela porte nom « l'université. » Quant aux juristes qui se font la plupart du temps nommer au poste de sous-gouverneur ou à quelque autre place de l'administration, ils doivent aller à l'école jusqu'à 14 ans, puis à Reykjavik et conqué-

(1) Eyjafjordr.

rir le diplôme de docteur en droit à Copenhague. Tous les autres s'éduquent seuls, en lisant en famille. Pour autant que nous avons pu l'observer, les Islandais ont des connaissances étendues, mais pas généralement très profondes. Ils touchent à tout par plaisir, lachant la chose lorsqu'ils en ont assez. C'est seulement au contact des autres qu'on apprend combien peu l'on sait. C'est seulement aussi dans une lutte intellectuelle plus vive qu'on va au fond des choses.

Chez eux, c'est moins une question d'aptitude, que d'occasion. Souvent il y en a qui prétendent savoir l'anglais ou une autre langue, mais lorsqu'on les interroge ils restent à court, n'ayant jamais appris les limites de leurs connaissances.

Comme les Norvégiens, ils ont le don des langues et ils en ont la passion. Nous autres, nous apprenons les idiômes par la lecture ou le voyage, afin d'arriver à un but déterminé, pour connaître les livres, les mœurs, les pays. La langue est pour nous un instrument nécessaire dont nous voulons acquérir la pratique, un outil de plus dans notre instrumentation intellectuelle. Eux, aiment la langue pour la langue. Souvent on en voit étudier des idiômes étrangers sans avoir jamais l'espoir de

les parler ou même de les lire. Ils savent les retenir
sans lecture et sans pratique rien qu'en apprenant des
mots. Pour cela, il faut avoir la passion de la langue.
Nous en avons rencontré quelques uns qui parlaient
décemment l'anglais, un plus petit nombre le français ou l'allemand ; beaucoup entendent le danois.

Rarement les littératures anciennes offrent une
aussi sauvage grandeur. Les Sagas chantées d'abord
par les scaldes, qui, comme les troubadours se
reposaient de se battre en chantant, étaient répétées
à la veillée et pieusement léguées aux générations
futures. On les écrivit plus tard, mais alors même
que les documents originaux étaient transportés en
Danemark, les épopées se racontaient toujours dans
la famille en leurs formes grandement primitives.

Les savants du terroir ont toujours fait de généreux efforts pour rééditer et mettre à la portée du
peuple les anciennes poësies.

On trouve dans l'Edda de fantastiques concep-
tions théogoniques, dans la Saga de Nial de rudes
scènes de barbarie et de frais tableaux de genre,
mais rien ne surpasse par la profondeur, la conci-
sion et la hautaine mélancolie des maximes, le
« Hàvamàl, » le Livre des Proverbes scandinaves
dicté par Odin lui-même.

« Qu'il soit mâle et joyeux le fils de l'homme, et hardi dans le combat. L'homme doit être courageux et imperturbable jusqu'au jour de la mort.

Le lâche croit vivre éternellement parce qu'il fuit la bataille. L'âge cependant ne le ménagera pas toujours, quoique la lance l'épargne.

Que l'homme réfléchisse, mais qu'il ne réfléchisse pas trop ! La joie n'entre pas souvent au cœur de celui qui sait trop de choses.

Louez la beauté du jour quand il est passé. Louez la femme quand elle est morte, la jeune fille quand elle est mariée, l'épée quand vous l'avez mise à l'épreuve, la glace quand vous l'avez traversée, la bière quand vous l'avez bue.

Quelque petite que soit sa propre demeure, rien ne la vaut. Chez soi, chacun est le seigneur ; mieux vaut avoir seulement deux chèvres sous un toit de branches, que mendier.

L'homme doit être puissamment sage mais pas trop sage. La plus belle vie échoit à celui qui sait bien ce qu'il sait.

Personne n'est complètement malheureux, s'il n'est pas mal portant : l'un met son bonheur à avoir des fils, un autre des amis, un autre de grands trésors, un autre à bien faire.

Le bétail meurt, les amis meurent, on meurt enfin soi-même ; cependant, de celui-là qui a bien fait, la renommée ne meurt jamais. »

Outre la lecture de la Bible, ils ont d'anciens chants héroïques et les légendes scandinaves, qui se sont conservées en Islande comme au jour de l'émigration. Lorsque les Normands et les Allemands eurent perdu la trace de leurs Niebelungen, on a pu les reconstituer en Islande.

Aujourd'hui ils ont des faiseurs de nouvelles et des poëtes, qui accomodent les anciennes légendes ou les poësies anglaises.

Les grands écrivains russes leur sont également accessibles, à cause de plusieurs traductions danoises de Tolstoï et de Dostoïevsky, qui se vendent à Reykjavik. Ainsi ils s'assimilent le suc le plus puissant de la littérature contemporaine, et le mieux en rapport avec leurs facultés esthétiques.

Six journaux sont publiés en Islande, un à Akureyri dans le Nord, un à Seidisfiord dans l'Est, un à Isafiord dans l'Ouest et trois à Reykjavik. Ces trois derniers paraissent à peu près hebdomadairement. Ils donnent quelques nouvelles locales, très peu de politique étrangère, quelques discussions théoriques et des annonces. Le format est de quatre pages petit in 4°. L'impression en est excellente et supérieure à la plupart des journaux du continent.

Il y a aussi à Reykjavik une « Société de gens de lettres » pour la diffusion d'anciens ouvrages islandais, et une bibliothèque comprenant pas mal de volumes.

L'expérience prouve que les Islandais peuvent devenir des hommes remarquables dans un milieu où leur intelligence est fouettée. Ils ont cela de commun avec tous les peuples du nord qui se transplantent, tandis que les méridionaux en allant vers le Nord s'appauvrissent. Ils comptent des grands hommes : le géographe Gunlaugsen et l'artiste Thorwaldsen.

C'est plaisir d'arriver à Akureyri, une ville! et de goûter les joies et les aises de la deuxième cité d'Islande après ce passage de déserts et de solitudes. Aussi on se trouve disposé à trouver tout bien, tout beau, et de loin on savoure en imagination toutes ces délices. De près, ce n'est qu'un village composé d'une trentaine de maisons en bois avec une seule rue qui s'étend le long du fiord ; mais c'est joliment encaissé et l'hôtelier sert des choses succulentes. Une presqu'île s'avance dans le fiord et là se trouve Oddeyri, un assemblage de quatre ou cinq maisons très grandes qui sont des magasins danois. On peut s'y approvisionner de toutes sortes de choses, mais de qualité inférieure. Le consul norvégien, un Islandais, acceuille très aimablement les étrangers, son salon est meublé à l'européenne et orné d'une superbe peau d'ours blanc tué dans le Nord. Il ne réside pas d'ours blancs en Islande; ils descendent parfois des glaçons charriés du Groenland, mais ils reprennent la mer lorsque le printemps revient.

Entre Oddeyri et Akureyri il y a deux fabriques d'huile de foie de morue, qui empoisonnent toute l'atmosphère ambiante et le long du rivage, la haute mer a déposé une rangée de poissons morts qui s'étalent en ligne jaune au bord de l'eau, pourrissent, puent et rendent cette promenade particulièrement désagréable.

A mi-route, se trouve la poste où une pâte des plus appétissantes s'étale sur le bureau. Le maître de poste est en même temps boulanger et photographe. Chaque fonction étant peu absorbante et peu rémunérée, on cumule. Le même personnage est membre du Parlement, de la Cour de Justice et directeur de la Banque; notre guide est en hiver professeur de langues pour la jeunesse dorée de Reykjavik. Le cumul est une des caractéristiques des

138

peuples primitifs, comme la division du travail l'est pour les civilisations avancées. Dans la progression du corps entier, l'individu perd de son initiative et tend à devenir un simple rouage, une pièce inconsciente de la grande machine sociale.

Au point de vue islandais, Akureyri est remarquable, car il y croît les deux seuls arbres de l'Islande. Pas fiers tout de même, ces arbres. Sorbiers de montagne, ils se serrent piteusement le long d'une maison, à l'abri du vent, atteignent à peu près 5 mètres et semblent de loin de modestes poiriers conduits en échalas.

Sur le carnet de l'hôtelier figure en moyenne un nom d'étranger par an.

Ne sachant que faire le soir, nous sautons des barrières en pleine rue d'Akureyri, car le guide profite de toutes les occasions pour faire valoir ses muscles et je l'ai surpris maintes fois le matin, qu'il caressait avec fierté son biceps nu. Nous luttions d'agilité depuis un quart d'heure avant de remarquer l'étrangeté de la chose et de nous souvenir que nous étions en pleine ville. Par tenue nous allâmes nous promener majestueusement au bord du fiord solitaire.

Akureyri, jouit de la même température que Juliaanshaab au Groenland.

LE NORD-EST.

Nous entrons dans un chemin moins battu, plus particulier, où nous rencontrerons une nature islandaise plus sauvage et plus désolée encore. Le ciel est toujours brumeux et pluvieux pendant qu'au Sud de l'île il fait exceptionnellement sec. C'est la banquise qui refroidit ainsi le climat du Nord.

Pour prendre la route de l'Est, nous devons traverser une rivière d'un quart de lieue divisée en six bras qui forment chacun un rapide torrent sujet à la marée. Nos chevaux devront nager et afin d'éviter à nos bacs une immersion complète nous les prenons avec nous en barquette pour traverser le fiord, tandis que Zické fait le tour avec les chevaux. En route les bateliers nous disent qu'il se noiera, qu'il n'y a pas moyen de passer à cette heure. Nous disposons les bagages sur les rochers après avoir payé 4 couronnes pour cette traversée d'un quart d'heure. Les rares occasions d'employer une barque en Islande se paient fort cher. En face, Akureyri s'étale tout petit ; à gauche, au fond du fiord, la prairie par où Zické doit arriver. Nous regardons. Rien. Il y a des points blancs et noirs, mais cela ne bouge. Le guide devient inquiet, il y a 20 minutes que Zické devrait être là. Peut-être y a-t-il accident de chevaux, car Zické est un petit individu déterminé, n'ayant pas conscience du danger, un de ces courageux par nature, comme il y en a d'autres qui le sont par habitude ou raisonnement. A la fin n'y tenant plus, Thorgrimur va à sa recherche et assis sur nos coffres nous devisons des éventualités possibles. Il se peut qu'un cheval soit emporté par le courant ou qu'une partie de la caravane se soit enfuie.

Enfin Zické arrive sans encombre, il a du passer un à un tous ses chevaux sur une barquette, la rivière étant trop forte. Comment n'y a-t-il pas un bac comme on en voit sur nos rivières, pour le passage du bétail, car toutes les personnes qui partent d'Akureyri pour le Nord ou l'Est doivent traverser ce cours d'eau. — Négligence et apathie. — Gudmunsen, lui, est parti maintenant, et n'a pas remarqué le retour de Zické pendant qu'il longeait un creux pour couper au plus court. Nous voyons un point noir qui s'arrête dans la vallée, se met sur un point blanc et cela vient très vite vers nous, s'agrandissant, se dessinant en la forme de Gudmunsen et d'un cheval qu'il a enfourché à poil dans la prairie.

Tout est bien qui bien finit, et nous sommes très heureux de nous retrouver tous sains et saufs, la crainte du danger resserrant l'amitié.

Nous traversons la Bruyère du Col, (1) une montée de 700 mètres suivie d'une descente analogue, puis un torrent. Nouvelle montée, nouvelle descente. Ce sont deux vallées qui vont vers la mer

(1) Vadlaheidi.

142

et que nous coupons pour arriver jusqu'à la ferme,
à travers la Enjoska, large rivière peu profonde.

Il est assez difficile d'expliquer la composition
des fermes islandaises. Des murs de terre, en
mottes de gazon et en blocs de lave superposés par
couches séparent les différentes parties de l'habitation. Entre ces murs, il y a des cloisons de bois
avec une toiture en charpente faite habituellement
de bois flotté que les courants emportent sur les
côtes. L'une des chambres est la chambre des
étrangers, elle est garnie d'une table en bois, de
quelques chaises ou plus souvent de coffres qui
servent de siége, d'une commode et d'un lit.

Puis suivent la chambre commune (badstofa) la
buanderie et tout au fond la cuisine. Au-dessus de
chaque appartement, d'un mur à l'autre, il y a une
toiture très épaisse de mottes de gazon, et de loin,
à l'extérieur, toute la ferme a l'aspect d'une petite
éminence couverte de bonne herbe, que parfois
les moutons viennent paître.

Les différentes dépendances de la maison se
trouvent l'une à côté de l'autre, comme une succession de huttes, ayant chacune sur le devant,
portes et fenêtres.

L'habitation islandaise est complètement outillée

143

pour tous les besoins de la vie. A côté de la ferme se trouve la forge où le fermier prépare lui-même les fers pour les chevaux, les faux et toutes les ferrailles de la maison ; puis la menuiserie très bien montée où il arrive de rencontrer des tours pour confectionner les meubles ; enfin, la sellerie avec des selles nombreuses, des fouets et quelques rares instruments aratoires.

Tout autour de la ferme se trouvent des huttes en terre, très basses, où l'on parque les moutons en hiver. Dans le Nord, il y a aussi des trous de ce genre pour ensiler les foins, tandis que dans le Sud on les érige en meules. Les mottes de gazon qui servent à ces constructions s'enlèvent à la surface des fondrières par larges bandes, ayant la forme d'une descente de lit.

Souvent la prairie qui avoisine la ferme est entourée d'une clôture, haute de quelques pieds, en blocs de lave et en terre. Tout près de la ferme un enclos plus petit, de quelques ares, où l'on cultive des pommes de terre ou des navets.

Ainsi l'Islandais isolé dans son habitation peut trouver chez lui tout ce qu'il faut pour la lutte de la vie, sans devoir recourir aux services d'autrui et cette situation imposée par des nécessités de nature,

lui donne un caractère plus indépendant et met les
rapports d'Islandais à Islandais sur un pied d'égalité complète. Pour cela, on y rencontre cette
société largement démocratique, où personne ne
doit rendre compte à personne de l'usage de sa
liberté, où chacun peut serrer la main de l'autre
sans l'arrière-pensée d'une servitude à exiger ou
d'un service à rendre.

Beaucoup de fermes sont occupées par leurs
propriétaires, qui deviennent alors de petits
seigneurs, dans l'origine primitive et simple de ce
terme; d'autres louent leurs fermes. Souvent les
fermiers riverains sont propriétaires d'un lac ou
d'une rivière dont ils exploitent seuls la pêche. Les
fermes du Nord sont plus grandes et mieux tenues
que dans le Sud, le « Skyr » y est mieux préparé, et
l'hospitalité plus cordiale. Toutes ces gens sont
aimables et s'amusent à faire flamber des sarments
de bouleau qui croissent dans les environs, exprimant leur plaisir de voir la bonne sensation que ce
feu nous cause. Les enfants sont très jolis et les
femmes sont prévenantes et gentilles : elles ne sont
pas belles, mais que de fois, gentilesse plait mieux
que beauté.

Souvent dans une certaine partie du pays les

visages avaient un défaut commun, qui enlevait le charme général qu'aurait eu la figure. Un grand nombre dans la Vallée de l'Eau avaient un gros nez rougeaud, qui donnait à la figure un air grossièrement matériel; dans quelques fermes du Nord toutes les femmes avaient le nez qui montait au-dessus d'une lèvre supérieure trop courte. Ce qui, en les obligeant de tenir la bouche ouverte leur donnait un air peu intelligent. Beaucoup aussi avaient le teint rougi par la bise et luisant comme un vernis.

Cette population du Nord-Est est généralement agréable; les hommes y sont mieux découplés; les femmes souvent jolies. La coupe des figures diffère un peu de celles du Sud, le nez est plus droit, les lèvres sont plus fines, les cheveux chatains ne sont pas rares. Sans être d'une race différente, on voit cependant qu'ils ont le sang plus pur et plus généreux, que le type a mieux gardé sa richesse primitive et sa beauté. Ils se rapprochent plus sensiblement du beau type norvégien et quelques rares figures féminines ont le charme des filles du Hardanger.

Le lendemain nous longeâmes le Lac Clair (1) où

(1) Ljosavatn.

nageaient des pingouins arctiques, ces oiseaux avec le plumage desquels les Groenlandais font de si jolies toques. Vers midi nous parvîmes à la Rivière Tremblante, (1) un singulier nom qui ne s'explique pas à première vue et dont on est tenté de rire. Une rivière tremblante! ah oui, il y a bien des hommes ou des bêtes, qui ont peur de traverser une rivière, mais une rivière qui tremble! il faut aller en Islande pour ouïr ces choses-là. Cependant on ne doit jamais se réjouir trop tôt aux dépens de son prochain, sous peine de passer pour ignare. La rivière prend son nom du fiord voisin, le Fiord qui tremble à cause des nombreuses secousses qui le font régulièrement vaciller.

Que de fois une explication arrête un sourire, lorsqu'on se donne la peine de la demander ou de la donner.

Cette rivière était garnie de deux ponts, deux ponts très beaux, les plus beaux de l'Islande, peints en vermillon criard, avec une architectonique invraisemblable. Ce n'est pas une mince affaire de franchir ce passage difficile avec des chevaux habitués à se jeter à l'eau. D'abord ils refusent, n'ayant jamais vu des instruments de cette structure

(1) Skalfandafljot.

147

et si hauts en couleur. Il faut que le guide passe devant; puis ils s'engagent précipitamment à sa suite, et dans leur effarement pour passer, ils se pressent avec effroi, se heurtent, les bacs grincent les uns contre les autres à faire claquer le parapet.

A quelques minutes de galop sur la droite, tombe la chute du Seigneur, (1) une des plus jolies chutes d'Islande. La rivière fait un coude au-dessus d'un demi cercle de rochers qu'elle embrasse et à travers lesquels elle se précipite avec bruit en trois nappes blanches. Au milieu de la chute, comme dans toutes les chutes islandaises, se dressent de noirs rochers volcaniques, qui séparent le courant, et supportent le choc impétueux de la rivière, sans faiblir. On se trouve sur la berge, en face du tourbillon. De là, un « God, » un homme noble de l'ancien temps, une espèce de seigneur qui avait des signes de caste, jeta ces emblèmes dans la chute pour qu'elle les détruisit et les emportât au loin. Peut-être par chagrin d'amour, n'ayant pu se faire aimer de quelque pauvre fille; peut-être aussi, ces emblèmes avaient-ils été déshonorés par la défaite, car la légende a oublié le motif de cet acte de désespoir, et très vite, vers l'horizon, vers la mer,

(1) Godafoss.

LA CHUTE DU SEIGNEUR

la rivière coule emportant dans l'oubli les choses qu'elle traîne. Nous déjeunons à la ferme d'Einar (1) pendant qu'on sèche, à la cuisine, nos gants qui se mouillent trois fois par jour. Après le repas, le fermier prend la clef de l'église, et revient, avec solennité, en portant un petit paquet précieusement enveloppé de papier. Il en extrait trois cigares pour nous les offrir.

Voilà deux fermes dans le Nord ; dans l'une ils ont brûlé en notre honneur presque tout leur bois, dans l'autre, on nous offre de très rares cigares : délicatesse d'hospitalité, que nous n'avions pas rencontrée encore.

Emmitouflés dans nos vêtements huilés, nous nous sommes hissés à cheval. Vers quatre heures nous traversons l'enclos de la ferme de Phera, une des plus grandes fermes d'Islande. Les gens font les foins, les pieds mouillés, dans la pluie.

Devant la ferme coule la Rivière aux Saumons (2) large torrent gris, sans remous. Des canards volent tout autour. Au milieu, une petite île avec des croix. Et je connais peu d'endroits pour faire une impression aussi triste, aussi décourageante, que ce cimetière dans cette île, au milieu d'une rivière qui l'en-

(1) Einarstadir. (2) Laxa.

cercle et qui coule uniforme et grise, mais toujours rapide, vers le lointain rivage, vers les abîmes de la mer : emblème de l'humaine vie qui va, qui va. Et, elles étaient toutes penchées, ces petites croix, sous les rafales et la neige, dans une triste attitude ; immobiles dans le glissement rapide du courant. Chose sans vie, chose morte, au milieu de la nature qui se renouvelle et se remue tout autour, sous un ciel de cendre d'où la pluie tombe monotone en grésillant tristement dans le torrent.

Puis on monte à cheval une pente très raide, car presque jamais on ne descend de selle en Islande ; les ponies grimpent comme des chèvres et les cavaliers n'ont qu'à se bien tenir.

En haut de la côte on entre dans le Sahara du Lac des Cousins.(1)La pluie s'est changée en neige ; pendant des heures elle tombe sans discontinuer, comme chez nous, en Décembre. Le terrain est composé d'un fin sable volcanique ; de près rien ne distingue la route du désert environnant ; de loin dans la perspective quelques pierres placées de distance en distance tracent une ligne plus noire. Mon rossard ne veut plus avancer et je suis forcé d'aller à l'amble. C'était une façon spéciale de lever

(1) Myvatnsandr.

alternativement les jambes et de les laisser retomber
sur les flancs du cheval. Celui qui aurait fait un
mois de cheval en Islande, pourrait se présenter
dans un cirque du continent afin d'exécuter certaines choses drôles, qui ne manqueraient pas de
succès.

C'est une sensation étrange que d'être à la neige
et au froid, en se disant que chez soi tout est
ensoleillé, et qu'on recherche l'ombre des grands
arbres. Lorsqu'il se fait une éclaircie dans la rafale,
on voit au loin le désert s'étendre en petits monticules, en replis de terrain tout gris, car sur ce
sable noir la neige ne paraît pas blanche et étincelante, elle est si atone qu'on ne s'imaginerait pas
une teinte plus morte.

Vers le soir nous avons assisté à un merveilleux
spectacle, qui a dédommagé de bien des misères,
de la pluie, du vent, du brouillard.

Il neige. — Nous allions être en vue du Lac des
Cousins, (1) ce merveilleux lac du Nord si attirant,
et qui dans le voyage, avait semblé comme le point
de mire vers lequel l'œil tendait. Et cependant
après les déconvenues subies au Lac du Parlement,
il fallait craindre de nouvelles désillusions. Un

(1) Myvatn.

· 151

champ de lave se dressait au premier plan en blocs noirs, plus noirs sous l'humidité qui leur donnait des teintes fraîches, hérissés, crevassés. Le noir était intense et luisant. La lave après avoir coulée toute chaude et brûlante s'était, en refroidissant crevassée. Il y avait des monticules comme des ulcères avec de larges plaies béantes et sales ; des trous qui s'étaient formés dans l'effondrement, dans la contraction de la froidure ; et, sur les bords cela s'en allait en cercles comme toute chose dense qui se refroidit, dont la ligne extérieure, dure d'abord, arrête la poussée de la masse, et celle-ci ne sachant pas déborder se relève en bourrelets, comme la sauce dans une assiette glacée en hiver. C'était une nature bouleversée, horrible, avec ses lignes brisées, ses faces luisantes et noires comme la cassure d'un charbon, et au-dessus la neige blanche faisait plus vivement ressortir les lignes.

Puis venaient des prairies couvertes de saules nains qui s'étalaient en pentes d'une couleur idéale. La neige blanche, en tombant sur des plantes d'un vert foncé et sur les brins de l'herbe, avait formé une teinte si douce à l'œil, si froide, une teinte de vieux vert, qu'on ne voit dans aucun paysage. Au-dessus se dressait une belle pyramide : la montagne

152

de Reykjalid. La neige la couvrait depuis le pied jusqu'au faîte ; mais, n'étant tombée ni assez long-temps, ni assez drue on voit les lignes, les arêtes plus grises sous la couche blanche. C'était de ce blanc qu'ont certains nuages très vagues de contour et dont l'ensemble a quelque chose d'idéal et d'indéfini ; ce n'était pas une teinte uniformément criarde, car il y avait des lignes plus sombres laissant deviner l'anatomie de la montagne, comme dans une draperie de gaze, jetée sur un marbre, comme les lignes d'un fantôme, et cela donnait un aspect plus polaire encore.

Dans un ciel indéfinissable, au loin, à droite, on voyait le lac, mais on n'en devinait pas les contours à cause des rafales qui sévissaient de ce côté. Et croisant des rides de lave, des prairies de vieux vert, comme le revers de certaines plantes exotiques, nous nous laissions aller au trot de notre cheval, admirant cet extraordinaire paysage. En approchant de Reykjalid, je fus saisi d'une vision bien atta-chante. On se sentait si loin de son pays, de la patrie aux lignes souples, aux tendres couleurs ; et devant nous, tout au fond, se dressait comme une ville énorme, telles qu'on les voit parfois dans

(1) Hlidarfjall.

d'autres pays, après une longue journée de voyage, se dessiner au loin, comme le but de l'excursion. Nettement il semblait voir la longue ligne des bâtiments se perdant vers les extrémités en bâtisses plus courtes, plus isolées ; des clochetons aigus, des tours qui se détachaient sur la masse, et cette fumée, cette légère vapeur, qui le soir auréole les grandes villes. Alors on a la nostalgie d'autres voyages, de ces excursions vers des centres d'art, on se rappelle avoir vu parfois, le soir, surgir à l'horizon des villes enchanteresses, et on se laisse bercer par cette impression en sachant bien qu'on est victime d'un mirage, et qu'aucune ville, ni aucun village ne s'élève dans cette contrée lointaine.

Le lendemain cherchant à me rendre compte de ce qui avait pu ainsi illusionner mes sens, je ne trouvai autre chose qu'un cratère et la montagne de la solfatare qui se dresse à quelque distance du Lac des Cousins, et qui a des teintes prononcées, du rouge et du jaune, avec de la fumée qui flotte au-dessus. Peut-être aussi, n'y avait-il rien d'autre qu'un de ces mirages si fréquents en Islande, et que l'imagination fortement impressionnée par le paysage vu, lui prêtait inconsciemment des ressemblances chères.

154

La ferme de Reykjalid se trouve au Nord du Lac des Cousins. Par cette neige il n'y avait pas le moindre cousin à voir. En lisant les relations d'autres voyageurs dévorés par les moustiques en cet endroit, j'avais trouvé un peu bête d'être mangé au nord de l'Islande, tout simplement, comme au midi de la France, — mais se sont de ces bêtises qu'il faut subir et supporter. Ce jour-là, les moustiquaires de la ferme restèrent sur l'armoire au milieu de la poussière, et les voiles de gaze verte que nous avions apportés à l'intention de ces infimes s'encrassèrent au fond d'un bac sans être jamais dépliés.

Au fond du Lac se modelait une montagne toute blanche sous la neige, entourée de collines moins élevées; les îles perdues dans le lac avaient des apparences paisibles; tout autour volaient des canards sauvages, qui étaient d'une audace sans pareille; ils venaient se mettre sur le toit de la ferme et sur la forge, tandis qu'on y battait un fer. Ce lac appartient aux fermiers riverains; jamais ils ne tuent de canards, ou ne permettent d'en tuer; ceux-ci ne sont nullement effarouchés, et les fermiers leur dérobent leurs œufs. Ce sont en quelque sorte leurs canards domestiques, et c'est ainsi que dans toute l'Islande on utilise les oiseaux.

155

On ne les tue pas, mais on prend les œufs et souvent les jeunes. Habitude singulière et peu pratique, car on ferait bien mieux au point de vue nutritif de tuer parfois un canard adulte après l'époque de la ponte ; mais pour cela il faut chasser, ce qui est moins conforme au caractère du Nord, que d'aller mettre sans aucune peine la main sur le nid.

La truite abonde dans le lac, et se vend aux fermiers voisins, qui la sèchent et la fument pour l'hiver. Ces truites se prennent au filet, ce qui est aussi plus facile et exige moins d'adresse que la ligne.

A gauche s'élève un grand cratère dont la neige dessinait admirablement le contour, on en voyait toute l'arête extérieure nettement coupée, comme l'enceinte d'un cirque, et du bord vers le centre les pentes de l'orifice descendaient. Cela était froid maintenant, inerte, tout blanc de neige n'ayant conservé de sa destination primitive que cette forme béante, mais un jour cela a craché le feu et la flamme, des scories, des poussières, de la lave brûlante, dévastant le pays et semant partout la désolation. Et cette montagne forme un singulier contraste sous cette neige qui tombe ; elle dit avec le champ de lave que nous foulons, tout le mystère de ce pays étrange, où les volcans couvent sous la glace, où les sources d'eau bouillante jaillissent sous les névés: terre de neige, terre de feu.

Nous avions l'intention de ne pas nous arrêter dans cette ferme, pour aller directement vers le Nord, mais comme la neige tombait par rafales il n'y avait pas moyen de faire l'excursion projetée. Nous avions à traverser le Désert du Lac des Cousins ; les tempêtes de neige y sont plus violentes, et provoquent des tourbillons dangereux. Aucune direction n'est possible. Il y a quelques années, un des rares voyageurs qui ont poussé vers la Cascade Roulante, M. Coles, a du rebrousser chemin, sans pouvoir l'atteindre à cause d'une tempête de neige qui sévissait dans le désert.

De toute la journée nous n'avons vu que deux ou trois personnes des vingt individus qui habitent la ferme. Lorsque les Islandais ne doivent pas travailler, ils sont d'une absolue paresse et passent une partie de la journée à sommeiller ; ils n'éprouvent aucun besoin de mouvement ni d'air frais, habitués qu'ils sont à s'enfermer en hiver. Aussi passent-ils de longues journées dans la chambre commune ; en mer les émigrants venaient rarement

sur le pont, et nos guides, si courageux et si durs à
la fatigue, dès que nous nous arrêtions dans une
ferme disparaissaient, et lorsqu'on voulait leur
causer à n'importe quelle heure de la journée,
c'était au lit qu'il fallait les chercher.

Lorsque nous eûmes patiemment attendu la fin
de la rafale, nous partîmes le surlendemain pour
la Solfatare. (1) A une lieue de la ferme, elle se
dressait. Dans le haut c'était une montagne toute
jaune, rouge et verte avec des teintes qui ne se
voient pas dans les autres montagnes, des teintes
comme on en trouve seulement dans les labora-
toires en manipulant les minerais. Dans le bas
s'étendait une petite vallée qu'on aurait cru de
gravier et de sable; mais de droite et de gauche le
sol était percé, et tout autour une ulcère de soufre
d'où s'échappaient du pus jaunâtre et de la vapeur
blanche : on aurait dit dans toute la vallée ces
petits feux que les campagnards allument en
autôme pour consumer les déchets, et qui répan-
dent dans le paysage une traînée blanche. Les
chevaux avancent difficilement sur ce sol mou, et
lorsqu'on passe sous le vent d'une soufrière, on est
pris à la gorge d'une odeur âcre et suffocante.

(1) Nàmaskard.

158

Un défilé conduit à travers cette montagne de soufre. De l'autre côté une vallée, où l'on démonte. Le sol est mou, chaud et l'on marche avec précaution de peur de s'enfoncer et de se brûler les bottes, comme il est arrivé à d'autres voyageurs. Tout autour les mêmes ulcères et le même parfum de soufre. Au milieu une éminence toute noire, d'où s'échappe une grosse colonne de fumée. Le monticule lui-même environné d'un terrain très peu consistant, est composé de boue humide et noire ; dans le haut s'ouvre un large orifice. Penché sur le bord, on regarde à quelques mètres en-dessous de soi bouillir une liqueur épaisse et sombre, qui crève à la surface en gros bouillons, avec un bruit de cuisson étourdissant, et une odeur fétide, qui coupe la respiration. Toujours avec un bruit sinistre, bout dans cette marmite d'enfer cette bouillie infecte, comme dans une colère concentrée, comme si le flot immonde et noir voulait monter, monter encore, et envahir la contrée environnante. Dans la plaine quelques squelettes de moutons blanchis, asphyxiés par le soufre, ou tués par les renards. Et c'est là un spectacle très singulier, un étrange côté de la nature, qui ne vous touche, ni par la grandeur des lignes, ni par la beauté des coloris, mais qui

159

plonge en des réflexions profondes sur les mysté-
rieuses opérations d'en-dessous, sur les arcanes de
la terre, que seule la science connait, mais qui
frappent le profane de stupéfaction.

Plus loin c'est l'entrée du désert entre le Jorundr
et la Montagne Souple (1) placées là comme un
majestueux portique; le sol est couvert d'un jonc
long et vert, comme le jonc de nos dunes, et
l'horizon est bordée à droite d'une longue ligne de
montagnes et de cratères, couverts de neige. Puis
ce sont des pierres, des laves, du sable volcanique,
à perte de vue.

Au centre de ce désert s'étend au pied d'une
montagne, un petit lac solitaire. La montagne est
toute seule au milieu de la plaine environnante et
se nomme: l'Eternel. (2) Le lac est le Lac de
l'Eternel. (3) C'est là, que vit la plus grande des
trois hardes de rennes sauvages qui habitent
l'Islande. Lorsqu'il n'a pas plu depuis longtemps
et que les torrents sont desséchés sur la montagne,
les rennes descendent boire au bord du lac, et on
les y attend à l'affût, à la tombée du jour. Le succès
est presque assuré dans ces conditions.

De l'autre côté du désert vers lequel nous piquons

(1) Hlidarfjall. (2) Eilifr. (3) Eilifrvatn.

en ligne droite s'étend le petit Val des Porcs. (1) Il peut être huit heures, la pluie tombe. Les chevaux, au détour d'une vallée, tombent sur la Rivière du Névé, profondément encaissée. Dans le brouillard au bord de la rivière se dressent d'énormes rochers fantastiques, les Rochers Parlants. (2) C'est une immense colonne ronde, s'élevant dans la brume comme un monolithe gigantesque et primitif; puis un massif bas en forme de dôme allongé, comme un temple hindou, avec l'ouverture d'une grotte surbaissée et mystérieuse, et plus loin un troisième rocher dans des apparences bizarres, ne rappelant rien de connu, comme un immense récif contourné et rongé par la mer, et au milieu de ces colonnes le torrent roule avec remous. Au bord, ce sont des pierres dans des poses singulières, de grands crocodiles agressifs, des mâchoires béantes et dévertébrées, des hommes tapis dans des attitudes d'embuscade, toutes les formes fantasmagoriques que peuvent prendre les pierres dans le brouillard, plus étranges dans leurs apparences que les jeux d'une imagination dévergondée.

Nous arrivons enfin, après dix heures de selle.

Elle était bien petite, cette ferme de As;lorsqu'on

(1) Svinadalr. (2) Hljódaklettar.

se redressait dans la chambre des étrangers la tête cognait les poutres. A peine pouvait-on se mouvoir entre la table et le lit, deux coffres servaient de siége, et sur les draps de lit on voyait de petites puces se poursuivre en de folles escapades; mais c'étaient de petites bêtes bien inoffensives, qui n'étaient pas avides du sang étranger, et semblaient préférer un mets indigène, — le guide en fut une couple de fois abimé, tandis qu'elles nous épargnaient galamment.

Mais combien sympathiques étaient les braves gens qui habitaient la ferme : ils exhibèrent tout ce qu'il y avait de bon dans la maison, préparèrent un « skyr » excellent avec beaucoup de crême, et comme ils avaient appris par le guide que nous n'aimions pas le pain islandais, ils se mirent en peine pour frire des crêpes plus délicates, d'après une recette spéciale de Thorgrimur. Nous en fîmes faire une provision pour le lendemain, et comme nous n'osions pas emporter le tout sans le leur laisser goûter, la femme les enveloppa jusqu'à la dernière et les enfourna dans nos poches. Ils demandèrent nos prénoms, et ce que nous faisions chez nous. Très heureux de nous recevoir, ils vinrent à la file nous serrer la main au départ,

162

depuis le tout vieux père, jusqu'aux bambins. Gens simples, doux, ayant conservé la notion de l'hospitalité primitive.

Le matin, une jeune fille voisine vint faire visite, elle embrassa les enfants et la femme, très doucement, sur la bouche, comme en une cérémonie religieuse; puis elle passa aux hommes, à nous tous, leur tendant naïvement la main, les regardant dans le blanc des yeux en murmurant ce beau salut d'Islande : *komid sœlir,* « sois heureux. » Elle était extrêmement jolie, avec des yeux très brillants, une grande correction de lignes et un teint de pêche mure. Son front était ceint, comme celui des vierges antiques, d'une coiffure qu'on trouve dans les statues grecques et qui se porte seulement dans ce coin perdu de l'Islande. C'était un bandeau en couleur entourant la tête, depuis les sourcils jusqu'à moitié du front, et se nouant par derrière en passant sur les tempes, — simple ornement, qui ne préserve pas du froid.

Mon compagnon ne l'ayant pas encore vu, je la fis demander. Elle arriva très simplement, mais sans son bandeau et comme nous la prions de le remettre, elle le remit ingénument sans avoir conscience de sa beauté et sans paraître étonnée de notre sympathie.

163

Les vieux, qui avaient l'expérience de la vie, riaient
sous cape, ils étaient tout heureux et fiers de notre
sentiment spontané d'admiration; et les petits
enfants de la maison, lorsque nous montâmes en
selle, ayant vu que nous prenions plaisir à la
regarder, lui dirent de se mettre sur le seuil et la
poussèrent en avant pour nous la faire voir encore.
Elle s'y mit innocemment, n'ayant conscience de
rien et nous lui serrâmes la main à la mode islandaise, en lui disant aussi : « sois heureuse. »

Le matin nous sommes allés visiter la Retraite du
Seigneur. (1) C'est une des plus grandes curiosités
géologiques de l'Islande. On ne peut la faire comprendre que par comparaison. Qu'on s'imagine se
trouver dans un ancien fossé de forteresse, à
l'endroit où deux fossés se coupent à angle aigu.
Devant vous se dressent à angle droit les murs des
casemates; derrière, l'autre remblai s'arrondit; à
vos pieds, à main droite et à main gauche la perspective du fossé se prolonge; au-dessus une bande
du ciel bleu. Agrandissez cela dans des proportions d'une forteresse plus énorme bâtie par la
main des primitifs, le fossé devient une vallée large
de 500 pas, les murs perpendiculaires s'élèvent à

(1) Asbyrgi.

164

des hauteurs majestueuses et le bâtiment du milieu se terminant à angle aigu, atteint la hauteur de 3oo pieds. Et le fait géologique unique, c'est que jadis le fond du fossé et le haut des murs faisaient partie d'une même plaine et que par une de ces épouvantables secousses qui ont bouleversé le sol de l'Islande, cela s'est enfoncé ainsi tout d'un coup, laissant debout cette construction gigantesque.

Pendant une demi-heure on s'avance à cheval entre les deux murailles parallèles. A mesure qu'on marche les murs, de lave grandissent, tout noirs, toujours plus hauts. La solitude vous compénètre.

Combien de voyageurs ont foulé cette herbe? Peut-être quelques ardents chasseurs de renne sont venus jusque-là à travers le désert. Quelles voix ont troublé ces solitudes? Des chants de bergers islandais, et le bêlement des moutons.

L'une paroi se termine à angle droit, l'autre finit en hémicycle, et vers l'horizon s'ouvre une perspective, comme celle qu'on vient de quitter. Au fond grandissent quelques bouleaux de deux ou trois mètres. Solennellement, cérémonieusement, les guides se promènent à travers ce qu'ils nomment la forêt. En détours fantaisistes ils contournent les taillis de bouleau, que souvent ils dépassent de la

165

tête; ils vont et reviennent comme ne sachant se détacher de cette comtemplation; ils paraissent émus, de cette émotion profonde, taciturne, qu'on éprouve devant les choses trop grandes, et les chevaux eux-mêmes, d'un pas lent, un pas de procession, semblent participer à ce mystère. Et cette forêt était haute comme un taillis de trois ans chez nous, ayant sur l'écorce la gerçure de la bise, les morsures des froids d'hiver.

Tout au fond, au pied de la muraille, un petit lac d'éméraude est enchassé dans la pierre, comme un joyau. Au-dessus de ce petit lac, un écho très complaisant répétant deux ou trois fois nos paroles, redit bénévolement nos insanités. Le guide l'injurie, le gronde, chante des chansons islandaises:

Dites-lui que je l'aime
Dites-lui qu'elle est belle...

C'était un jeu d'enfant d'abord, mais peu à peu dans cette solitude, c'était une étrange impression que cette voix qui revenait nette, mais lointaine, lointaine, comme une voix d'outre tombe, vous chantant des chansons d'amour.

Parmi nous quatre, qui étions là, il y en avait peut-être qui aimaient, et cette chanson islandaise dite par la pierre, cette voie tremblottante avaient

une singulière émotion. Il allait à quelqu'une là-
bas, au loin, au delà des mers courroucées, ce
souhait de la pierre, ou bien à quelqu'Islandaise
perdue dans sa ferme, quelque froide enfant du
Nord.

Mais à mesure qu'on chantait la chose devenait
plus poignante, pour ceux-là surtout qui n'en
aimaient aucune. Ce souhait était d'une ironie âcre et
profonde, il allait vaguement à quelqu'inconnue, à
quelque princesse de rêve, et, ils écoutaient cette
pierre qui leur disait : « Dites-lui que je l'aime »
cette froide pierre, cette chose de rien, une réver-
bération dans l'air, une mutation d'atômes, — et
cela répétait ce refrain d'amour, froidement, lentement, railleusement.

En retournant, nous retrouvons les étranges
Rochers Parlants, moins bizarres le matin, car
bien souvent le voyageur éprouve devant le même
paysage, une impression toute différente, selon les
circonstances de lumière.

On longe le Val des Porcs, et le désert s'ouvre
devant nous, sous le brouillard. Pendant la première heure, on rencontre de «Vieilles Femmes,» (1)
colonnes de pierres élevées de distance en dis-

(1) Kerlinga.

tance, pour montrer la route en temps de neige et de brume. Comme des fantômes, elles se marquent dans le brouillard, ayant en leurs fantastiques attitudes des gestes d'appel, et, le voyageur perdu, qui l'œil rivé sur l'horizon, cherche à découvrir la longue série, l'énigmatique monôme des « vieilles femmes » bénit l'inconnu qui les a dressées.

Puis, plus rien. — La dernière pyramide s'est évanouie, derrière nous, dans le gris et nous tâchons de rejoindre la Rivière du Névé (1) Dans le brouillard, apparaît une place plus dense et plus opaque comme la vapeur d'une chute et à mesure qu'on approche son bruit devient plus distinct. C'est la Cascade Roulante. (2)

Zické garde les chevaux tandis que nous allons vers la chute. Dans la poussière volcanique entre les blocs de lave, nous voyons une trace, l'empreinte d'un pied, petit comme un pied de femme. Et nous voilà tous trois penchés sur cette empreinte, agenouillés avec une grande crainte de l'effacer, discutant sa forme, sa grandeur. Bien surement c'est l'empreinte d'une chaussure de femme ; mais quelle est la femme assez aventureuse, assez osée pour se risquer seule dans ces parages ? Quel-

(1) Jókulsá. (2) Dettifoss.

qu'Anglaise? Mais elle aurait le pied plus grand !
Quelque jeune fille islandaise? Mais que viendrait-
elle voir là, cette enfant du Nord n'aimant que
l'intérieur des fermes. Et nous suivons cette trace
sans mettre notre pas dans cette empreinte pour ne
pas l'effacer, curieux de voir dans quelques instants
peut-être, cette romanesque aventurière.

Quand voilà soudain le guide qui s'arrête, se
penche et éclate de rire. « Çà, c'est tout bonnement
le pied d'un pasteur des environs, il explore le pays
depuis deux jours et il est très petit. » Alors, adieu
la poësie, ne nous gênons plus pour marcher dessus.

Enorme, toute la large Rivière du Névé, se
jette d'un bond dans un abîme à pic. A vos pieds,
elle se précipite dans le gouffre de rocher noir, en
masse épaisse, toute blanche, mugissante. A peine
du bord de ce mur perpendiculaire peut-on voir le
fond inaccessible, à cause de la raideur des parois.
Trois voyageurs, à notre connaissance, ont vu cette
chute et tous trois proclament que c'est la plus
grande chute d'Europe. Sans doute les chutes de
Norvège ont plus de charme, à cause de la splendeur
du cadre qui les entoure. Là, tout autour, c'est le
désert sans montagnes et cette chute immense, qui
n'est pas un simple ruisseau coulant le long d'une

169

paroi verticale, mais toute une grande rivière se
jetant d'un bond dans l'abîme, trône là, dans une
sauvage majesté, en dehors de la circulation et de
l'admiration des hommes sans que rien n'atténue la
monstruosité de la chose.

Le désert et le brouillard. — Mais au milieu, cet
abîme effrayant aux noires profondeurs, cette nappe
d'eau mugissante aux clameurs sataniques. Et tout
autour sur le spectateur, être mesquin dans cette
grandeur de la nature, c'est une pluie torrentielle,
un nuage d'eau comme un bain.

Plus bas, il y a une autre chute, presqu'aussi belle,
et lorsque nous remontons à cheval, nous rencon-
trons en amont de la rivière une autre large cascade,
belle aussi, mais moins sauvage, ayant en grand
les apparences de la chute du Rhin, sans le cadre.

Derrière, jusqu'au fond de l'horizon coule la
Rivière du Névé, depuis l'inaccessible Névé de l'Eau,
à pleins bords, très large et blanche sous le ciel gris.

Trait d'indifférence islandaise : Zické qui n'a
jamais été dans ce pays et auquel nous offrons
d'aller voir la chute pendant que nous mangeons
un morceau, trouve qu'il ne vaut pas la peine de
faire ces cent pas et préfère rester assis sur une
pierre à regarder les chevaux.

170

Il peut être sept heures. Le brouillard est dense, au point, que de la queue du cortège, on voit très indistinctement les chevaux de file. Nous avions laissé tous nos bagages à Reykjalid, afin de pouvoir monter trois chevaux par jour ; nous n'avions ni tente, ni provisions, et, lorsque nous demandons au guide, quand nous arriverons « vers trois heures, si je ne me perds pas dans la brume, mais nous pourrions bien nous perdre. »

Nous allons d'abord sur la rive gauche de la rivière, à travers des pierres : puis, c'est le désert de sable, coupé parfois de pierres serrées, drues, les unes contre les autres comme un parvis. Dans le brouillard se dessinent quelques monticules de sable noir, des renflements comme nos dunes, mais plus sombres.

Gudmunsen est devant, droit sur la selle, le fouet haut, le regard rivé sur l'horizon pour y découvrir des apparences de montagnes, puis, tous les chevaux au grand trot. Nous suivons aveuglément avec Zické, ramenant les chevaux et nous désintéressant complètement de la route. Vers dix heures le ciel est un peu plus clair, le soleil a fait dans le brouillard un halo jaunâtre signalant sa présence; quelques monticules se sont dessinés un moment à l'horizon.

A dix heures et demie il gèle, il fait froid ; tout autour les pierres et le sable sont blancs de givre. Nous chevauchons tous séparément, plus ou moins dispersés dans cette grande plaine, suivant la direction générale, mais chacun à son gré. Mon compagnon monté sur son plus mauvais cheval fait un effort pour nous rejoindre, et dire : « qu'exciter un rossard, ça manque de gaîté. »

On va toujours seul à seul dans le brouillard. Voilà neuf heures que nous sommes à cheval ; les pensées finissent par s'épuiser, et il en résulte, malgré le mouvement physique, comme une grande torpeur morale. Et dans cette brume rien qui réveille !

Vers onze heures et demie, je commence à me demander pourquoi je suis là ? Quelle est la mauvaise fortune qui nous a poussés au nord de l'Islande, loin de toute habitation, de toute joie ? Pourquoi faut-il que le goût de l'aventure vous mène ainsi ?

Et dans le sommeil de la pensée les questions revenaient, toujours les mêmes, dans leur même forme, presque balbutiées par les lèvres, mais sans recevoir jamais de réponse.

Il était probable que nous aillions nous perdre,

que nous devrions camper, mais nous n'avions pas
notre tente et c'est une faute de ne pas avoir sa
tente. « C'est une faute de ne pas avoir sa tente »
dis-je cent fois, machinalement, et ainsi lorsqu'il se
présentait une idée, on s'y accrochait, la retournant
toujours.

Alors vinrent les réflexions moins plaisantes ; on
se demandait si on aurait le courage de descendre
de cheval pour ramasser son fouet. Mais bientôt je
passai à côté du bois qu'un très vieux renne avait
perdu, et je sautai, sans réflexion, à bas de selle.
Un quart d'heure je chevauchai avec ce grand
bois sous le bras, mais le jugeant trop encombrant,
je l'offris à qui voulait le prendre. Personne ne
trouvant à son goût de monter à cheval avec cette
grande machine, je le lâchai. Ce bois apporta un
quart d'heure de distraction.

La dixième heure, je ne me souviens pas
d'avoir eu n'importe quoi, ressemblant à une idée.
On montait à cheval, sans fatigue, sans douleur,
sans aucune sensation, comme une chose.

Puis nous rejoignîmes la route de l'Hafnafiord.
Vers minuit et demi, le brouillard était moins dense
et semblait s'être concentré sur le désert. Nous étions
en train de nous dire que peut-être le guide se

173

trompait, que nous arriverions plus tôt. Peut-être aussi nous réservait-il la surprise d'une arrivée plus prompte, lorsqu'il nous sembla voir se dessiner à l'horizon une montagne de forme et de couleur connues : la Solfatare. Ce n'était sans doute qu'un mirage comme l'autre jour ; mais non, c'était bien la Solfatare, le guide se retournait pour la montrer de son fouet. Puis ce fut un joyeux galop, les jambes battant parfois le cheval, à l'islandaise, ce qui est une excellente façon de se tenir les pieds chauds, et certainement le motif de cette singulière façon de monter. Puis ce fut la fumée des Boues, les petits feux de la Vallée, l'âcre odeur du soufre, le champ des laves, Reykjalid !

Il était une heure et demie ; on nous avait attendus jusqu'à une heure, mais comme la pendule de la ferme avançait et marquait 2 1/2 les servantes étaient allées se coucher.

Elles se levèrent et nous offrirent de « servir le diner, » qu'il n'y avait qu'à réchauffer.

Nous avions été absents pendant quarante et une heures, dont vingt-deux heures de selle, en bonne allure ; ce qui seul suffit pour garantir la résistance des poneys d'Islande. Mais ils allaient en voir d'autres encore.

LE DÉSERT DE SABLE QUI CRÈVE.

Il y a plusieurs chemins pour aller du Nord au
Sud : la Route de Poste, que nous avions prise,
ou bien le grand tour extérieur, très long, par la
côte de l'Est. Au milieu, on peut traverser le Névé
de l'Eau et le Terrible Champ de Lave. Cela a été
fait il y quelques années par un docteur en droit,
Lord Watts, mais il ne trouvera certainement pas

175

d'imitateurs ; c'est un des plus grands exploits alpes-
tres, qui aient jamais été accompli, et l'intrépide
Burton, lui-même, qui l'a tenté à deux reprises, a
dû y renoncer.

A côté se trouve le grand plateau central qui en
ces dernières années a été traversé deux fois par
des étrangers. En 76, par deux Anglais, et en 81
par deux Américains. Seulement trois personnes
en Islande, en connaissent le chemin, un fermier
dans le Nord et deux dans le Sud. C'est le Sable
qui Crève (1) parce qu'on court le risque de faire
crever les chevaux, tant les journées sont longues
et le sol désert, sans pâturage aucun. Il a très
mauvaise réputation, à cause du voisinage du
Terrible Champ de Lave, et des nombreuses fondrières dont il est semé. L'un des voyageurs qui a
traversé le Désert le proclame « un des endroits les
plus stériles et les plus horribles du monde entier. »

Une nuit à la ferme de Reykjalid, ayant pour lit
un méchant édredon étendu sur des coffres, j'eus
un cauchemar horrible. Sous l'influence de ces
lectures, dans la mauvaise position d'une couche
que je dépassais de quarante centimètres l'imagination pouvait se donner carrière.

(1) Sprengisandr.

Un collège, un groupe d'hommes s'avançait dans une grande plaine, causant gaîment : soudain le premier s'enfonça dans quelque chose de liquide et de dense. C'était épais et noir comme l'infecte bouillie de la Solfatare : sous la pression de ce corps la boue s'agitait en mouvements ondulatoires, et le corps s'enfonçait toujours plus avant, jusqu'aux reins, jusqu'aux épaules, jusqu'au cou. D'autres s'avançaient et s'enfonçaient aussi et la masse liquide ondulait davantage, se remuait comme une de ces vagues de la haute mer, sans écume, et qui toujours descendent, toujours remontent. Ces têtes surnageaient comme j'en avais vu flotter d'autres, mais des têtes d'hommes en vie, celles-là, en cet épouvantable drame de Staffa, où la vague nous avait décimés. C'était oppressant, c'était avec tout le dégoût de cette boue liquide des Chaudrons Bouillants, toute l'horreur de cette scène presqu'oubliée, qui se renouvelait. Et toujours ils venaient, en bas, en haut.

Je me réveillai, maudissant cette mauvaise couchette ; mais parfois ainsi dans l'inconscience du rêve, avec toute l'acuité de l'impossible, se renouvellent les impressions profondes jadis éprouvées, elles se concentrent toutes dans leur horreur. Ces

177

sens, émotionnés au moment du danger sans qu'on s'en soit apperçu, renouvellent la même impression, mais plus angoissante, plus terrible parce qu'il n'y a pas le contrepoids de la volonté ou du danger réel.

N'est-ce pas pour cela que les fièvres des voyageurs lointains sont si pénibles parce que dans leurs cauchemars de quelques instants, ils revivent toutes les heures mauvaises de leur vie?

N'attachant aux songes aucun présage, à l'encontre des Islandais, nous croyions cependant, mon compagnon et moi, sans nous exagérer la difficulté, que nous allions entreprendre une chose particulièrement joyeuse et virile.

Il m'est arrivé ainsi, une couple de fois dans la vie de m'armer de résolution et de me dire : « Ah! ça mon gaillard, la besogne sera rude, ce sera amusant, mais il faudra se bien tenir. » L'une fois c'était au « Sable qui Crève, » l'autre fois je n'oserai jamais le dire, tellement en voyant les choses de près on se trouve ridicule de s'être reconforté à l'avance.

Et il arrive aussi une couple de fois à tout le monde, de voir le danger de près, d'aussi près qu'on peut le voir sans y laisser la peau et cela c'est

LAC DES COUSINS

souvent dans des excursions tout à fait banales, en pleine joie, sans avoir le temps de se retourner èt de songer à avoir du courage....

Le matin, il faut toujours attendre longtemps, avant de se mettre en selle. La seule nourriture des chevaux, consistant en gazon, ils doivent prendre des forces pour toute la journée, et comme ils ne se nourissent pas aussi vite de gazon que d'avoine, cela dure longtemps. Aussi lorsqu'on a quelques heures à fournir, le voyage se prolonge toujours dans la nuit, et c'est alors que viennent les trajets rudes par la pluie, le vent et le brouillard.

Longé le Lac des Cousins jusqu'à la rive sud et traversé un grand nombre de fois la Rivière des Saumons, assez rapide et profonde, à cause de toute cette neige tombée les derniers jours et qui maintenant s'en allait en eau.

Puis à travers de belles prairies nous vinmes à la ferme du Pays des Chèvres. (1) Au mur, le portrait de Jon Sigurdson, le grand patriote, et d'une autre célébrité islandaise; des tapis sur les tables, des armoires imitant l'acajou, tout autour quelques chaises. Les apparences étaient comme dans toutes les fermes islandaises, mais c'était

(1) Goatland.

mieux tenu, plus soigné. Nous étions chez le président de l'Althing, qui pour le moment était à la session de Reykjavik. On nous reçut avec la plus grande amabilité. Sa fille nous servit, et vint causer très gentiment avec le guide; elle semblait fort intelligente. Les fils revinrent des foins, ayant conservé du costume national les longs bas qui montent au-dessus du genou, se rattachant par un cuir, et les larges toques en peau de mouton noir et de renard bleu, qui les coiffaient si bien. Leur père était comme les autres, un fermier, un peu moins riche peut-être. Il présidait la chambre basse, non à cause de sa fortune mais de son intelligence seule, ce qui est chez ce peuple une preuve de grand bon sens. Cela nous disait toute l'Islande : ce fermier du Nord dirigeant la plus haute assemblée de son pays, mais élevant sa famille dans la belle simplicité des ancêtres, conservant les mœurs pastorales, les traditions antiques et la véritable hospitalité. Les enfants de ce haut dignitaire travaillaient à côté de leurs serviteurs et les traitaient d'égal à égal; ils recevaient l'étranger sans aucune morgue, et sans que rien ne fît pressentir la position paternelle.

On nous chargea de lettres pour le président; nous en avions ainsi une quantité, de gens qui profitaient de notre passage pour faire parvenir de leurs nouvelles à Reykjavik.

Depuis cette ferme, nous nous enfonçâmes dans le brouillard, le joyeux brouillard connu.

Après avoir demandé le chemin dans deux fermes, nous chevauchons gaillardement par un sentier qui nous mène dans un marais. On y entre croyant trouver la route de l'autre côté, mais dans ce sol flexible et mou, nulle empreinte ne reste, et la route est effacée. Après une heure de tâtonnements, on groupe les chevaux pour les arrêter; et se mettant dos à dos, chacun pousse de son côté tout droit vers un des quatre coins de l'horizon, en forme de croix. C'est curieux de voir en se retournant, ces hommes à cheval, droits en selle s'écarter et se fondre fantastiquement dans le brouillard. Sur un cri de Zické, nous tournons bride vers le centre pour faire part de nos découvertes respectives.

Zické croit avoir trouvé une route. Nous inclinons toujours sur la droite, nous perdant de plus en plus dans le marais et il faut descendre de selle, pour diminuer le poids des chevaux, non sans s'enfoncer parfois soi-même. La marche est pénible; il fait très mauvais, et nous en avons peut-être pour toute la nuit à errer ainsi. Finalement, après avoir effectué un cercle complet nous retombons sur la ferme dont nous sommes partis il y a deux heures, tout heureux de voir se terminer de cette façon, notre pèlerinage.

Le fermier nous guide au-delà du marais et après deux heures de brouillard, nous arrivons par un sentier assez reconnaissable, à Lundarbrekka.

Nous avons été magnifiquement servis dans une belle garniture de faïence à fleurs. D'ailleurs au point de vue de la vaisselle on est bien mieux dans les fermes islandaises qu'on ne pourrait le croire de loin. Il y a partout des assiettes en faïence et des cuillers en argent, même souvent des cuillers à café. C'est que tous ces fermiers sont relativement riches; ils possèdent de grands troupeaux variant entre 150 et 300 moutons, de six à dix chevaux et de deux à six vaches. Beaucoup sont en outre propriétaires de leurs fermes. C'est là certainement une condition de bien-être en Islande, et même une position très suffisante dans un autre pays. Combien de fermiers chez nous ne possèdent pas cela.

Nous avons d'ailleurs, après l'avoir vu de près, trouvé la situation du fermier islandais, très convenable.

Le fermier islandais vit de la vie pastorale dans le sens primitif du mot, non, la vie nomade, mais la vie sédentaire et toute l'organisation sociale découle logiquement de conséquence et conséquence avec une admirable simplicité.

Il n'a conservé de la vie nomade des ancêtres d'Orient, que la grande facilité de voyager à cheval et de vivre sous la tente. Dans chaque ferme on possède une tente et malgré la rigueur du climat lorsque les Islandais ont une longue excursion à faire, ou même un séjour chez des amis ils n'hésitent pas à camper.

L'Islandais vit de la production spontanée de l'herbe. Le gazon est la seule récolte que puisse produire cette âpre terre d'Islande. Quelques uns affirment bien qu'on y produit du seigle et des céréales, mais après avoir séjourné à Reikjavik, avoir fait la côte de l'Ouest, être allé du Sud au Nord et du Nord au Sud nous n'avons pas vu une paille, ni une épi, ni une acre de terre labourée et cultivée. Tout au plus, autour de certaines fermes y a-t-il quelques pieds de terre, enclos d'un mur de lave, où l'on met des navets et des pommes de terre ; mais c'est plutôt un tout petit potager, une chose de luxe, qui demande beaucoup de soins, et n'est dans la consommation annuelle, qu'un apport de quelques jours, comme les légumes de luxe cultivés dans nos jardins. Ils soignent les navets comme nos jardiniers les petits pois, et les pommes de terre comme des tomates. Il n'y a pas de fruits, pour le bon motif qu'il n'y a pas d'arbres.

C'est donc une chose bien établie, un point de départ indiscutable que la seule production d'Islande consiste en gazon.

On ne peut, nous semble-t-il, conclure de certaines expressions des Sagas à une situation antérieure plus prospère. Il faut interpréter le texte par l'esprit. Lorsque les Sagas parlent de *récoltes* et de *forêts,* on est porté à conclure qu'il s'agit de récoltes et de forêts comme les nôtres, et on s'extasie sur la fertilité de l'ancienne Islande ; mais, lorsqu'aujour'dhui on les entend nommer *villes* des trous comme Akureyri et Stykkisholmr, *récolte* leur gazon de 15 centimètres, *forêt,* un hectare de bouleaux, hauts de deux mètres, on rectifie les conclusions tirées du texte. C'est comme si, dans quelques siècles, un voyageur venait dire : « Voyez donc comme au XIXe siècle, l'Islande était prospère, il y avait de toutes parts des *villes,* Akureyri etc. ; aujourd'hui nous n'y trouvons que dix ou vingt maisons. » Cela se vaudrait.

Certaines vallées fournissent de l'herbe en assez grande abondance, courte, drue, de qualité excellente. L'emplacement de la ferme s'est déterminé à l'origine par un herbage de qualité supérieure. L'eau, se trouvant nécessairement dans le voisinage de l'herbe, n'est pas un motif suffisant d'installation. Et puis il y en a partout.

C'est là, qu'on tient les animaux d'un usage quotidien, ceux qu'on doit traire ou monter tous les jours. Les autres herbages sont disséminés à l'entour de la ferme à une distance qui varie d'après la nature du sol. Parfois, les prairies coupées par des marais ou des coulées de lave se succèdent à de courts intervalles. D'autres fois elles sont plus espacées ou plus lointaines. Ainsi à Reykjalid, le pâturage, où sont les brebis, est situé à une grande heure de la ferme, et l'on doit tous les jours y aller à cheval, chercher le lait.

D'autres pâturages, sont en dehors de toute habitation; parfois au milieu de déserts, distants de trois ou quatre jours des fermes. Au printemps lorsque la saison devient meilleure et que l'herbe commence à pousser, on fait un triage dans le bétail ; on garde près de la ferme ce qu'il faut pendant l'été, pour mener au loin tous les animaux dont on n'a pas un besoin immédiat : les brebis qui doivent agneler, le surplus des moutons, les poulains, tout ce qui n'est pas d'une utilité immédiate. Durant tout l'été ces bêtes vivent et croissent à l'état sauvage, cherchant la nourriture à leur gré : farouches, lorsqu'on traverse à cheval leur district, elles viennent vous flairer au passage, et s'écartent par grands bonds à travers les rochers. Les troupeaux ne descendent dans les vallées que forcés par la neige, et souvent ils s'égarent et meurent dans les grands déserts stériles comme le Terrible Champ de Lave. Les fermiers superstitieux voyant ces disparitions annuelles les attribuent aux brigands ou à des esprits méchants, qui habiteraient ces contrées.

A l'automne les fermiers partent à cheval et organisent au loin des battues ; ils ramènent le bétail et font le triage. Afin que chacun puisse reconnaître son bien, les moutons (qui portent tous des cornes dans ce pays) sont marqués aux cornes des initiales de leur propriétaire ; les chevaux ont une entaille distinctive aux oreilles comme on fait pour les lapins en Flandre, afin de les reconnaître

186

en cas de vol. Lorsque chaque fermier a retrouvé les siens et qu'il reste des animaux sans propriétaire on les vend pour en donner le prix aux veuves de la contrée.

De là, ces choses qu'on lit, de moutons marqués, de chevaux qui ont les oreilles coupées, de chevaux sauvages, quoiqu'il n'y ait aucun cheval sauvage dans toute l'Islande.

A la ferme restent les brebis. Tout le bétail consiste en brebis, variant en nombre de 150 à 300 têtes, en chevaux et en vaches. Les fermiers ont de une à six vaches, pour avoir du lait en hiver lorsque les moutons n'en donnent pas.

La chèvre est extrêmement rare et ne porte pas de cornes.

Les chevaux sont très nombreux en Islande, chaque ferme en possède de quatre à dix. On a déjà pu voir combien le sol était hérissé et combien il était difficile d'y circuler à pied à cause des champs de lave, des torrents qu'il faut traverser, des distances d'une prairie à l'autre. Aussi l'Islandais ne se déplace-t-il jamais sans monter à cheval. Il est tellement accoutumé à employer son poney que toute marche l'ennuie, et il monte en selle pour les moindres besognes : pour se rendre aux fermes voisines, à l'église, à son travail ; pour aller traire son troupeau, même pour ramener ensemble les brebis qui se trouvent tout à l'entour de la ferme et qu'on doit grouper au bercail. Hommes, femmes, petits enfants, tout le monde saute à cheval pour les moindres promenades.

Les vaches ne servent qu'à donner du lait, notamment en hiver.

C'est le mouton, qui est la fortune d'Islande. Tout le système économique pivote autour de lui, c'est lui la source du bien-être, lui, qui permet de faire face à toutes les nécessités de la vie.

Du lait qu'il donne on fabrique le « skyr » et le beurre qui sont le fond de la nourriture islandaise ; le petit-lait sert de boisson. Avec sa toison les femmes filent de la laine en hiver et font du « Vadmal, » une excellente étoffe très épaisse et de pure laine, qui sert à tous les vêtements. Elle coûte deux francs le mètre. On la teint en jaune et en rouge, ou on mêle des fils de différente couleur lui donnant l'apparence d'une étoffe anglaise de fantaisie, qui serait passée de mode. Généralement pour les hommes et pour les femmes la couleur est de brun foncé, de noir ou de bleu de Prusse. Avec la même laine les femmes tricotent de gros bas, des chaussettes rouges ou bleues et des gants. Les Islandais n'employent pas le gant de cuir fourré, mais le gant de laine qui est très chaud par le froid, mais très désagréable par l'humidité. Les gants de femme n'ont pas de doigts, mais un pouce, les gants d'hommes ont six doigts ou deux pouces afin de pouvoir les retourner s'ils sont usés ou mouillés. On tricote aussi le fond des chaussures qui est parfois ornementé de très jolis dessins. Le tricot est serré et solide ; toute cette besogne se fait en hiver par les femmes, qui préparent alors des gants, des bas et des fonds de chaussure de rechange pour l'été. Les chemises sont souvent en grosse toile, parfois aussi en laine tissée ou tricotée.

Ils préparent aussi les peaux de leurs moutons et s'y taillent leur brodequin. La seule chaussure pour hommes et pour femmes est une espèce de savate faite d'une seule pièce de peau de mouton cousue en pointe par devant et teinte en vert. C'est une chaussure très élégante ; en ville, elle est toujours en peau de phoque.

Les cornes bouillies ou découpées forment des anneaux pour y passer les cordes de chanvre ou de crin qui retiennent les selles de charge et les paquets de foin. Parfois une grande corne vidée sert de récipient pour un liquide quelconque, de la poix ou de la couleur. — A l'automne, lorsque les moutons sont rentrés on sacrifie le surplus; on en mange frais pendant quelques jours; le restant est fumé pour l'hiver et les autres mois de l'année. L'une partie est fumée tout simplement, mais généralement c'est désagréable au goût, et un étranger ne peut s'y faire; d'autres parties sont hachées et mises en paté, et c'est dans un vinaigre qui vient du mouton qu'on le conserve. Le vinaigre islandais n'est en effet que du lait de mouton aigri, et les mets conservés de cette façon sont les mets les plus écœurants qui soient.

De la graisse on fait tous les usages, qu'on peut faire de la graisse, notamment des chandelles pour s'éclairer en hiver; car bien que l'usage des lampes à pétrole soit introduit dans les chambres communes, on fabrique toujours quelques chandelles, afin d'éclairer les autres pièces de la maison.

Et non seulement le mouton fournit à l'Islandais le vivre, mais il lui procure encore le combustible. Le seul combustible en dehors des villes, où les bateaux apportent du charbon, et de certains endroits privilégiés, où il y a de la tourbe ou du bouleau sec, le seul combustible, est de la fiente du mouton. Chose horrible à première vue et qui semble devoir répandre dans toute la maison une odeur insupportable, mais, qui de près, brûle très bien et qu'on prendrait pour de la tourbe si on n'était renseigné. Bien entendu ce n'est pas la fiente fraîche qu'on brûle, cela ne peut venir à l'idée de personne ; mais dans l'étable les déchets de tout l'hiver s'accumulent, les brins de foin que les bêtes négligent de manger s'y mêlent et lui donnent une certaine consistance. A la fin de la saison il s'est formée une couche durcie, dense comme un parvis que l'on enlève par morceaux carrés, comme on enlèverait de la tourbe, et qui sèchent au soleil.

Depuis quelques années des bateaux anglais et danois exportent un grand nombre de moutons en Europe. Cela constitue une première modification au régime pastoral dans lequel le pasteur ne peut généralement acquérir aucun capital. Par cette exportation du surplus de laine, de moutons et aussi de chevaux, qui servent en Angleterre et en Belgique aux travaux souterrains des mines, les Islandais peuvent se procurer un certain numéraire. De cette façon ils peuvent acheter dans les ports du seigle pour faire le pain, de l'eau de vie, du café, du tabac et d'autres objets de consommation usuelle.

On peut déjà deviner en quoi consiste la besogne de l'Islandais. Durant les longues nuits d'hiver il prépare tout ce qu'il faut pour la vie quotidienne. Les femmes soignent le vêtement, les hommes font les besognes de menuiserie, de forge et aident à tisser. En été, de Juin en Septembre, ils faucheront les herbes car il faut bien que les bêtes mangent en hiver. La fenaison est, à vrai dire, la seule besogne d'été. Tous, hommes et femmes, s'y rendent de bonne heure, quelquefois à de longues distances, toujours à cheval, ramenant le soir sur les chevaux de charge deux grosses bottes de foin attachées de part et d'autre. Si la besogne n'est pas fatiguante ; elle est très longue, car l'herbe étant très courte il faut en couper beaucoup avant d'avoir une certaine quantité. Les hommes fauchent avec de petites faux très légères, les femmes ratissent avec de légers rateaux en bois garnis de pointes en fanons de baleines,— un vrai jouet d'enfant. C'est un travail bien différent de la fenaison des Flandres, où il faut avoir des muscles de fer pour faucher, avec de lourdes faux, par les chaleurs de l'été, les grandes herbes et, où rien que de retourner les foins denses est un rude métier. On ne fauche qu'une fois le même terrain, sauf à Reykjavik où il y a en guise de parc une petite prairie bien entretenue, qui fait l'étonnement de tous les Islandais, parce qu'on la fauche deux fois par an.

Entre cette besogne d'hiver et le travail d'été, viennent se classer des occupations transitoires. Après l'été, on ramène le bétail, on le tue, on le sale, on pêche des truites et des saumons et on fait tous les préparatifs pour le casernement d'hiver. Avant l'été, aux mois de Mars et d'Avril, la vie pastorale subit une seconde modification à cause des circonstances topographiques. L'Islande étant une île entourée d'une mer très poissonneuse on va pêcher la morue. Quelques habitants des fiords, propriétaires de barques vont pêcher eux-mêmes. La plupart y envoyent leurs domestiques. Ceux-ci se rendent chez des fermiers ou des patrons de la côte qui montent une barque avec dix ou douze hommes. Ils se partagent le produit et ramènent à la ferme ce qui est nécessaire à la consommation. Le reste se vend au marchand de la ville voisine et le domestique rapporte l'argent à son maître. Lorsque celui-ci se rend en été chez le marchand, il peut y contrôler si son domestique ne l'a pas trompé.

Mais cette pêche n'est pas celle que pratiquent le Norvégien et l'Anglais, une pêche destinée exclusi-

193

vement au commerce ; elle est souvent destinée à la consommation personnelle, elle se fait en barques à rames, et s'il est vrai que 40 % des Islandais périssent de mort violente, il y en a certainement un grand nombre pris par la mer à cause des engins trop primitifs qu'ils emploient. Souvent aussi le corps des morues est livré au commerce et les fermiers rachètent les têtes dont ils mangent les joues et brûlent la carcasse.

Et maintenant est-il encore utile de dire quel est le régime nutritif islandais. Faut-il corroborer par une expérience quotidienne et la vue du fait, ce qui se déduirait tout seul de ces prémisses?

Le matin après la tasse de café, l'Islandais mange un plat de « skyr » avec du poisson séché. Le dîner, qui se fait à trois heures, comprendra encore du poisson ou du mouton fumé, du poisson frais s'il y en a; le souper du « skyr. » On ajoute du pain de seigle ou des galettes avec du beurre à volonté. On boit du lait ou du café. Rarement on mange du fromage.

Le régime nutritif de l'hiver ne diffère de celui de l'été que par le « skyr » qui au lieu d'être frais et bon est aigri et conservé dans des outres, ce qui doit être abominablement mauvais.

C'est seulement à la fin de l'hiver que la situation se tend, lorsque les provisions s'épuisent pour les hommes, que le foin diminue pour le bétail, et que sous la couche de neige persistante le gazon tarde à venir.

C'est ce qui avait eu lieu cette année au Fiord des Bêtes.

Parfois d'après les circonstances ou les endroits, quelques agréments viennent s'ajouter à ce régime ; de la viande de renne ou de perdrix blanche, lorsque les étrangers en tirent, des truites séchées aux environs des grands lacs, des œufs de canards sauvages ou de la chair de baleine.

Sans doute le régime islandais restera tel qu'il est, car le sol à cause de sa nature et du climat ne pourrait produire autre chose, et l'habitant ne saura gagner assez d'argent pour changer son mode de vie par l'importation. Cette situation est générale et ne souffre d'exceptions que dans certains endroits de la côte, où l'on se livre à la pêche et dans de très rares fermes qui vivent de la cueillette de l'édredon. C'est le duvet dont l'eider, une espèce de grand canard, garnit son nid et qu'on dérobe à l'époque de la ponte.

Les pasteurs et les préfets (sheriffs) eux-mêmes

n'y échappent pas et avec plus ou moins de luxe suivent la loi commune.

L'Islandais a donc une situation matérielle très convenable. Sans doute, on ne trouve pas dans ce pays des privilégiés, qui ont tout le confort de nos contrées, mais ils ont d'une façon générale ce qu'il faut pour vivre largement. Ils l'obtiennent sans grande fatigue et tout le produit de leur travail étant pour leur consommation personnelle, le travail ne leur coûte pas. Leur besogne est variée et agréable, leur nourriture suffisamment diverse.

Peut-être des statisticiens trouveront que la légume n'y entre pas pour une quotité chimiquement suffisante, mais il semble pour le profane que ce mélange de poisson, de viande, de pain de seigle et surtout de laitage est assez réconfortant.

Leur position est incomparablement supérieure à celle du pauvre pêcheur des fiords de la Norvège, dont toute l'industrie consiste à résister sur une mauvaise barque à l'intempérie des flots, et qui se nourrit exclusivement de poisson. Elle est très supérieure aussi à celle de l'ouvrier pauvre de nos villes industrielles, vivant d'aliments uniformes et faisant tous les jours une besogne identique, qui l'éreinte. A ne voir les choses qu'en imagination,

196

on est assez porté à plaindre les pauvres Islandais; mais le fait d'habiter dans le voisinage du cercle polaire n'est pas une condition d'infortune. S'ils étaient moins apathiques, si le tempérament de leur race, les influences du climat et de la vie pastorale ne leur enlevaient pas toute initiative ils pourraient mieux profiter de ce que le pays leur offre et y trouver de nombreuses jouissances, y cultiver le traîneau et le patinage en hiver, la chasse, et les magnifiques pêches aux truites et aux saumons dans les lacs et rivières.

On ne peut pas juger de ces pays par la comparaison des nôtres, où il existe une foule de besoins factices. Le bonheur matériel d'un peuple provient de certaines conditions de nutrition et de besogne. Acquérir le nécessaire de la vie en se donnant peu de peine n'est-ce pas l'idéal primitif des peuples simples? Sous ce rapport l'Islandais n'est pas mal partagé ; les arbres, les grandes routes, les clubs et les journaux ne sont pas des conditions essentielles de la vie.

Pour trouver une situation analogue, il faut se transporter, au delà de nos contrées centrales où la densité de la population rend la lutte pour la vie plus pénible, vers les pays méridionaux, vers

197

ces peuples du Sud où la chaude nature offre le
nécessaire à l'homme, sans qu'il doive se donner
beaucoup de peine. Singulière comparaison,
qu'au milieu de circonstances climatériques oppo-
sées on retrouve le même état social, et que de
part et d'autre sous l'influence d'une nature trop
puissante l'homme se contente de prendre indo-
lemment ce qu'elle produit. Et c'est jusque dans le
caractère que se traduit cette situation sociale, car
dans le Nord aussi, sentant qu'il n'y a pas moyen
de lutter contre la nature, ils n'éprouvent pas
le besoin d'assurer le lendemain, l'homme vit
dans une suprême apathie et dans une complète
indifférence. Demain, l'année prochaine, l'herbe
repoussera sans effort et comme il ne faut faire
preuve d'aucune initiative l'état social reste station-
naire et le progrès, qui est une conséquence de la
lutte pour la vie, est nul.

Le fermier de Lundarbrekka avait tenu à honneur de faire paraître sur sa table tous les
raffinements de la cuisine islandaise. Il y avait
surtout un plat dans lequel le guide picorait avec
une complaisance toute particulière, et comme
nous étions intrigués par son extrême gourmandise
« C'est de la baleine » dit-il.

Il y avait de la chair et de la graisse. La graisse n'était pas désagréable au goût, la viande, (car ils nomment cela, de la viande), n'était pas mauvaise. Cela aurait plutôt une absence de goût, comme les gelées de viande ou des nerfs, n'était cet infect vinaigre de mouton dans lequel cela a été conservé. C'était certainement moins répugnant que le vieil ours fumé qu'on nous a servi un jour en Norvège.

Immédiatement après notre départ pour la ferme de Myri, nous devons traverser un embranchement de la Rivière Tremblante, puis le torrent lui-même, où tous, avec le meilleur ensemble, nous nous enfonçons jusqu'au-delà des bottes. Pendant un instant le cheval perd pied et nage.

Dans la ferme voisine habite un pasteur qui a épousé une personne de la capitale, en y faisant ses études. Il arrive souvent que les jeunes gens étudiant la médecine ou la théologie s'éprennent pendant leurs études d'une demoiselle de la capitale, et les puritains de l'endroit trouvent cela très mauvais. Ces étudiants emmènent ainsi dans leurs fermes des femmes incapables des travaux pastoraux, parce qu'elles sont élevées avec toute la délicatesse et le luxe des villes ! et puis le séjour de la capitale est pernicieux pour les jeunes gens de la

199

campagne. Il y a trop de dissipations et de dangers, et ces messieurs proposent de transférer « l'université » quelque part dans un désert, par exemple au Lac du Parlement.

Comme tout est relatif et comme tout se ressemble ! A nous aussi on prêche les dangers et les entraînements des villes, mais il s'agit alors de Vienne ou de Londres et non de Reykjavik, où, ma foi, le diable lui-même ne pourrait pas être induit en tentation.

Une servante vient nous prier d'attendre, parce que madame doit s'habiller. S'habiller ? C'est à dire mettre son corsage de fête, un plastron propre et son bonnet à floche. Cela dura environ trois quarts d'heure; mais ce qu'il y a de plus singulier, c'est qu'à peine venions-nous de la saluer, elle disparaît. Après s'être habillée pendant une heure, elle en a eu de l'honneur pendant deux minutes. Comme on nous avait assuré qu'il y avait de la bonne farine à cette ferme, nous avons cependant trouvé moyen pendant cette courte apparition, de la prier de nous cuire deux pains de froment, ce qu'elle a fait avec la meilleure grâce du monde, et ce qui vaut mieux, avec une singulière habileté.

Nous vîmes dans cette ferme, un instrument très

islandais, attaché près de la porte d'entrée. C'était comme un long poignard, sans tranchant, et il était absolument impossible d'en deviner l'usage. Il paraît qu'en hiver lorsqu'on est couvert de neige, on se gratte la neige des habits à l'entrée de la maison, on se racle; mais il est rare de trouver un instrument spécialement consacré à cette opération, on se sert habituellement d'un couteau pour se nettoyer ainsi.

Nous devions nous arrêter à la ferme de Myri, située deux heures plus loin, jusqu'au surlendemain, afin de permettre à nos chevaux de supporter les fatigues du « Sable qui Crève. » On nous reçut très bien, en hôtes du Nord heureux de voir venir l'étranger. La femme prépara le soir du thé islandais, une décoction de lichen et autres plantes, qui a pour principal effet d'empêcher le sommeil, et on tua un agneau en notre honneur. Une partie de la journée fut employée à referrer les chevaux pour le rude voyage à faire.

Mais ce qui nous restera surtout de Myri, c'est la vision de la cuisine. Depuis que nous avions découvert ce système de se réchauffer, nous en profitions tous les soirs et outre l'excellente sensation de chaleur, nous y pouvions voir la vie islandaise dans son intimité. Elles étaient construites d'une façon très étrange, ces cuisines. Au fond de la maison, on y avait accès. Les murs bas, épais, étaient formés de terre; le toit était en terre aussi, soutenu par une charpente rudimentaire. Dans le fond on avait amassé un tas de pierres parmi lesquelles des blocs superposés pour le tirage, formaient des foyers.

Rarement une toute petite lucarne s'ouvrait sur le côté, mais le plafond était percé de deux trous par où la fumée s'en allait, par où venait la lumière. Oh! combien artistique était ce taudis. La lumière tombait d'en haut par les trous qui servaient de cheminée, et elle n'éclairait que le centre de la cuisine, le foyer et le parvis de terre battue. Doucement et discrètement, elle diminuait vers les ombres jusqu'aux murs, tout noirs comme du bitume, et de cette ombre on voyait surgir des objets divers, dont on devinait la forme, et qui se continuaient dans l'obscurité. Ici, la lumière éclairait la panse d'une cuve ou d'un seau dont le cercle se perdait dans la pénombre, plus loin elle mettait une tache claire sur le galbe d'un chaudron noir, un manche de cuivre, un balai et tout cela se continuait mystérieusement dans l'ombre. Et là,

202

s'accusaient à peine par un léger estompage sous un glacis bitumineux, d'autres objets indécis de forme et de contour. Au milieu de la lumière, des poutres passaient toutes noires de fumée, et l'arête en était vivement éclairée par le haut, indiquant l'anatomie de la poutre. Des choses aussi séchaient et s'enfumaient dans le haut, mettant une note plus chaude dans ce milieu ; c'étaient des truites ou des morues avec des reflets d'or rouge, des étincellements sombres d'acier bleu, ou des quartiers de mouton rouges comme du vieux cuir. La fumée s'en allait vers les solives et ajoutait un charme de plus au spectacle ; lorsque le ciel était bleu elle traînait dans le haut de la salle comme un nuage d'encens ; lorsque le ciel était sombre elle devenait jaune alors et tout le spectacle prenait ces teintes de parchemin ou de vieilles eaux-fortes si chères à l'œil de l'artiste.

Les gens y prenaient de fantastiques attitudes. Dans l'ombre on voyait des yeux briller, des lèvres sourire, des regards durs, des bouches inquiètes. Tout l'homme n'y vivait que par ce qu'il y a de plus parlant, de plus spirituel dans le visage, comme dans une de ces visions surhumaines où le feu sort des yeux, sort des lèvres.

Un tas de pierres était massé au fond, contre la

paroi. Là, se faisait le feu et les angles étaient
éclairés vivement. Sur l'une de ces pierres, au coin
du feu, juste sous le rayon de lumière, une fille
était assise, qui cuisinait. C'était la jeune fille Anna,
« stoulka Anna » comme ils disent. La lumière,
l'ineffable rayon de lumière qui rendait toutes
choses artistiques en ce réduit, l'éclairait dans un
clair-obscur admirable, mettant des flammes dans
la masse des cheveux, éclairant les méplats du
front, la saillie des joues, l'aile du nez. Ses formes
souples et sveltes étaient comme marquées d'un
lumineux contour dans le vadmal orange qui
moulait sa taille; un mouchoir blanc qu'elle avait
rabattu enveloppait sa tête comme d'une cape
espagnole, brillant aux cassures, discret dans les
ombres; une tache dessinait au bout de son pied,
par un angle lumineux la pointe de sa jolie savate
islandaise. Elle faisait des galettes, se penchant au-
dessus du feu et ses gestes étaient dans leur simplicité d'une suprême élégance, sa pose était exquise,
et à chacun de ses mouvements le merveilleux
éclairage changeait le tableau.

Oh, par exemple! ce n'était pas propre la façon
dont les galettes se faisaient; elles étaient mises sur
une tablette de fer, puis, lorsqu'elles étaient presque

cuites, on les jetait un instant sur la fiente de mouton qui fumait. Parfois aussi la fille les rassemblait sur les genoux après y avoir mis un mouchoir dont elle s'était préalablement épongée.

Tout cela se mouvait autour de vous, comme dans un rêve, ayant quelque chose d'immatériel et d'idéal ; les mystères de l'ombre donnant une poësie à tout et la lumière discrète ne faisant que définir la nature des choses, ne mettant sur la forme humaine que ce qui réverbérait le plus l'âme, en faisant saillir tout l'esprit. Jamais dans la nature on ne voit cette évocation singulière et jamais aucun peintre n'a dit aussi mystérieusement les beautés du clair-obscur, sinon Rembrandt, qui dans ses rêves éclairait ainsi aussi les ombres, les choses, les figures.

Samedi 30 Juillet.

Nous prîmes dans cette ferme nos provisions : du beurre pour quatre jours, nos deux pains et un jeune agneau que nous fîmes tuer. Il fut dépecé en grands quartiers, rôti, et enfermé dans une boîte en fer blanc, par crainte des mouches.

Notre guide pour le Sable qui Crève, arriva le soir. Il était venu du Sud pour faire les foins et

205

allait retourner avec nous. Nous convînmes de lui payer 35 couronnes. (Le fermier qui connaissait aussi le chemin demandait cent quarante francs.) Il était accompagné d'un de ses amis, qui était venu aussi pour faner dans le Nord et qui ne connaissant pas le chemin, était obligé de retourner avec lui. Nous partions donc à six. Les gens de la ferme nous serrèrent la main avec effusion, tout le monde se trouva sur le seuil contrairement aux habitudes du Sud, et en nous retournant sur la crête, avant de disparaître dans la vallée, nous les vîmes tous dans le lointain : le vadmal orange, les taches plus claires des mouchoirs, et c'en était fini, pour toujours, de ce Nord extrême.

Il faisait gris ce matin-là et c'était très hasardeux de s'en aller par ce temps, car si ce même brouillard règnait dans le désert, nous n'avions qu'à camper pour en attendre la fin. Impossible par le brouillard de retrouver la direction, et grande chance de se mettre dans une fondrière ou dans le Terrible Champ de Lave; (1) nous ne pouvions cependant pas attendre le beau temps, car il nous fallait être bien vite de l'autre côté, nos jours étant comptés pour le bateau.

(1) Odadáhraun.

206

Nous y allâmes de confiance et à mesure que nous avancions, le brouillard devenait moins dense, le soleil perça et éclaira tout comme pour « *a glorious day*. »

Nous arrivâmes au Lac de la Colline de Glace, (1) un joli lac très profond, sous un soleil rayonnant, avec des montagnes bleues, — entrée bien gentille pour un désert. Deux petites rivières furent traversées et l'on s'arrêta dans deux fermes pour boire du lait et laisser faire aux guides leurs adieux : Litatunga et Mjofidalr.

Les deux jeunes gens ont pour cheval de charge une singulière bête : un poil long et jaunâtre, des yeux ternes, une croupe descendante et un petit galop très original, comme un ours blanc. Quand il s'en va de son dandinement nonchalant, la pique de la tente qui pend en longueur sur la selle et pousse à côté de la tête, manque de lui crever les yeux et tous, en le voyant filer devant nous, si drôle, nous partons d'un joyeux rire. Avec cela, très indocile et faisant de tous côtés des excursions de fantaisie.

Cette bête avait cela de bon que tous nous nous réjouissons et sympathisons à son sujet.

Nous trouvons une halte passable pour déjeuner,

(1) Ishollvatn.

le terrain est assez élevé. Après le repas nous montons une pente fortement crevassée par des lits de torrents et la fonte des neiges, nous organisons un « steeple, » bien conditionné, franchissant une dizaine de fosses et comme les bords n'offrent aucune résistance parfois un cheval s'enfonce au moment de le franchir ou descend de l'arrière sur la berge opposée. C'est un passage très amusant, mais, heureusement pour les chevaux il se termine assez vite par une route sortable. Ce sont toujours des pierres au milieu d'un terrain légèrement accidenté de collines de lave et de sable.

On s'étonne que les chevaux puissent fournir une course aussi rapide en si mauvais terrain. Sur la droite rien à signaler que des pierres; vers la gauche l'horizon est très étendu. Derrière le désert surgissent des montagnes élevées, couvertes de neige. C'est d'abord la Montagne aux Larges Epaules, puis un système de collines sans neige derrière lesquelles se trouve le Volcan de l'Askja, qui eut une éruption en 1875. A côté de ce système on aperçoit quelques montagnes, qui ont des apparences cratériformes. Vers le soir nous voyions le Kistufell et le Skjaldbreid dans lequel il nous semble reconnaître de loin la forme et la teinte bleue de glaciers. Mais nous ne sommes pas à même de l'affirmer d'une façon positive car les glaciers proprement dits sont très rares en Islande. Nous n'avons vu que ceux de la Vallée Froide.

Vers neuf heures nous atteignons le Ravin du Chevreau, (1) une crevasse profonde de 25 mètres, dans laquelle coule un torrent. Il paraît que c'est très difficile à passer, mais en menant son cheval par la bride on trouve encore que c'est une réputation surfaite et qu'il n'y a pas de difficulté. L'aspect en est horriblement sauvage et pittoresque, car les torrents d'Islande encaissés dans des crevasses de pierres nues ne sont pas agrémentés de la verdure des arbres, comme les torrents du commun. Nous ne voyions plus de montagnes à cause de la pente du terrain ou du brouillard, et nous arrivons vers dix heures au bord de la Rivière Tremblante, en un repli de terrain abrité contre le vent. Là, croît un maigre gazon, une espèce de jonc très court qui est la seule nourriture de nos chevaux. Les hommes dressent les tentes, la nôtre grande et confortable, et à côté la petite tente des Islandais où l'on ne pénètre qu'en rampant.

La Rivière coule à quelques pas, toute grise ; elle

(1) Kidagil.

sort du Névé de la Montagne de Tugna, (1) pour aller former plus loin la Chute du Seigneur. Elle sépare le Terrible Champ de Lave du Désert qui Crève, elle est comme une barrière naturelle, comme une limite qu'il suffit de ne pas franchir, pour ne pas s'égarer dans l'horrible solitude de lave. Voilà donc un premier danger qui disparaît, restent les fondrières. Nous verrons bien. Les collines de pierre et de lave se relèvent tout autour de ce vallon ; une bande de nuages lilas ferme l'horizon de la vallée comme une draperie. Nous nous mettons, mon compagnon et moi, en quête de bouleau, qui dans cet endroit plus fertile, croît à ras du sol en sarments de quelques pieds, épais comme un crayon, et, après avoir dressé trois pierres en forme de foyer et dans la direction du du vent, selon toutes les règles, nous cuisinons. Tous sont à la besogne : l'un va chercher de l'eau à la rivière, les autres dirigent la cuisson, ou couchés à plat ventre attisent le feu en soufflant dessus.

La nuit fut mauvaise, l'humidité montait du sol à travers la toile imperméable et une pluie torrentielle accompagnée de vent menait du train contre la toile de la tente et tombait en résonnant comme

(1) Tugnafells jokull.

sur un tambour tendu. On se sentait bien loin de chez soi, cette nuit-là. Dans la froidure de la tente, eveillé par le bruit de l'averse on songeait à tous ces gens du Nord qu'on n'allait plus jamais revoir, et, dans cette attitude horizontale, l'attitude des réflexions mauvaises, on sentait peser comme un poids sur la poitrine, comme un étouffement, dont on ne pouvait se rendre compte, et qui était la sensation de la solitude et de la distance.

On entendait le vent descendre des névés lointains vers le sauvage Ravin du Chevreau, où les Islandais, qui traversaient le Sable qui Crève du Sud au Nord, désiraient arriver, pour échapper à la rencontre de la cruelle reine des Elfes. Ils chantaient :

Allons vite, allons! galopons au-delà du désert
Car déjà le crépuscule descend sur l'Herdubreid,
      [la montagne aux larges épaules.
La Reine des Elfes bride le loup, son coursier;
Mieux vaut ne pas se trouver dans son chemin.

Je voudrais donner mon meilleur coursier, si j'étais
Déjà arrivé au plus profond du ravin du Chevreau.

Et nous y étions nous autres; dans la froide vallée les nuages glissaient comme des chevauchées de déesses féroces et les voix du torrent étaient comme un appel de loups.

Dimanche, 31 Juillet.

La pluie cessait et de bonne heure nous plions la tente pour traverser l'étrange désert. Les chevaux nourris maigrement furent ramenés. Nous avions devant nous une perspective de 12 heures de selle. Pour les chevaux, pas un atome de nourriture de toute la journée, pas un brin d'herbe, pas une mousse ; pour nous la joie d'aller à l'aventure, de voir de près ce qu'étaient ces terribles *« quicksands »* comme nous les nommions en une langue que nous pouvions tous comprendre.

Nous passons d'abord quelques bras de la rivière, pour aller en ligne droite. A gauche, s'étendait le Terrible Champ de Lave, tout noir, s'enfonçant dans l'horizon. Il faisait bon maintenant, mais les fondrières se faisaient attendre et nous les traitions de fumisterie.

Nous changions très souvent de cheval afin de les mener jusqu'au bout de cette rude course.

Vers midi nous arrivons en haut du plateau, à une hauteur de 2500 pieds. Deux énormes névés se dressent tout près de nous. Le Névé de l'Aigle (1)

(1) Arnafells Jökull.

étalant sa longue cîme blanche où des pointes de rocher surgissent et le Névé de la Montagne de Tugna ayant des formes plus abruptes et plus tourmentées. Entre ces deux belles montagnes d'une blancheur virginale, le désert s'étend noir et brun, sans un brin d'herbe, sans un oiseau, sans aucun animal sauvage pour fouler même en passant ce plateau désolé. Aucun bruit ne passe dans le ciel, aucun souffle ne s'élève de cette terre stérile. Un lac, sombre comme les tragiques évocations de la Bible, s'étend là, au pied des Collines du Mi-Chemin, (1) comme une eau de réprobation, une eau inutile où rien ne vient boire, et dans sa face livide il reflétait le ciel, un ciel figé en de grands nuages bistres, gros de tempêtes, qui pendait immobile sur la montagne comme une perpétuelle menace. Tout autour de ce Lac de la Colline du Mi-Chemin s'étendent de dangereuses fondrières se marquant en taches plus noires, l'entourant d'un cercle fatidique dans lequel tout être animé doit être anéanti par une mort sans nom, l'absorption lente et l'oubli, sous le linceul uniforme de la terre.

Les chevaux n'ont rien à brouter et comme ils ne sont pas habitués au pain ou à l'avoine ils doivent

(1) Fjördûngsalda.

jeuner ; la tête penchée entre les jambes, l'œil
dolent, ils se tiennent tout près de nous, ou bien ils
se couchent dans une attitude de paresse comme des
chiens, ayant l'air de s'ennuyer beaucoup.

L'après-dîner fut plus mouvementé. Le guide
prit la tête de la troupe et nous marchâmes, droit
sur le Névé de l'Aigle. Parfois il y avait une petite
fondrière. Alors le cavalier de tête criait en riant
« Quicksand ! » On poussait devant les chevaux de
charge afin de tâter le terrain. Ils s'enfonçaient
jusqu'aux genoux, jusqu'aux cuisses : cela faisait
cloc ! cloc ! puis d'un bon coup de reins ils se rele-
vaient, le bac remontait et ainsi deux ou trois fois.
Alors passaient les cavaliers, maintenant bien les
chevaux, serrant les genoux, chacun par amour
propre cherchant sa voie afin de ne pas passer sur
les traces d'un autre et s'enfonçant côte-à-côte.
C'était une vraie fête.

Nous chevauchions maintenant sur un plateau
de pierres ; il y avait de toutes petites mares de
neige fondue qui étaient des nids à fondrières et
perpétuellement on était victime de mirages. Le
soleil faisait lever des vapeurs de la surface du
désert, on aurait juré que c'était un petit lac, mais
en s'approchant le lac reculait toujours. J'avais

214

beau dire à mon compagnon que c'était un mirage
pour avoir vu le même phénomène sur nos plages
en été. Il n'en pouvait pas croire ses yeux d'abord ;
mais il dut bien se rendre à l'évidence en voyant
les lacs reculer toujours, se fondre, et faire place
aux pierres.

Nous touchons de tout près le Névé de la Montagne de l'Aigle. Très blanc, majestueux et étincel-
lant à distance, il n'est plus ainsi qu'un amas de
neige souillée qui se fond. N'aller jamais regarder
de près et par les pieds les belles montagnes, c'est
de loin et à la tête qu'il les faut admirer.

Du névé que nous longeons à une demi-portée
de fusil, les sources de la Rivière du Taureau (1)
descendent, la plupart sont étroites, rapides et
froides, quelques unes sont déjà très larges eu
égard à la proximité de la source ; mais peu de
rivières commencent aussi grandement pour aller
former à quelques lieues de là, une fleuve large
comme la Garonne à Bordeaux.

Il y a des foules de bras, peut-être une soixantaine
très gonflés à cause de toute cette journée de soleil
qui a fait fondre les neiges et coupés de petits
« quicksands » Tout à coup, le guide, qui

(1) Thjórsá.

cherche à se tenir le plus près possible du névé pour éviter les fondrières et prendre les torrents au moins large, est obligé de reculer, son cheval s'enfonce trois ou quatre fois, il nous crie de rester en place et cherche à se replier vers nous pour essayer un autre chemin.

Ces « quicksands » sont de toute nature : les uns sont visibles, boue noire, flasque; la plupart sont invisibles. On voit un beau parvis de pierres dures, lisses, mais ces pierres s'enfoncent sous le pas et il en jaillit une bouillie rousse. D'ailleurs ces fondriè-res ne sont pas dangereuses et Thorgrimur est convaincu qu'on ne pourrait pas s'y enfoncer jusqu'au cou; elles semblent s'être formées surtout à l'endroit où les neiges viennent de se fondre et de percer le sol; puis comme elles ne sont pas longues, il suffit de trois ou quatre coups de reins pour les passer. C'est seulement là où les fondrières seraient très longues et que le cheval se fatiguerait, qu'on pourrait s'enfoncer; mais c'est pré-cisement pour éviter celles-là, qu'on prend un guide.

La Montagne de l'Aigle se dresse très belle sous le soleil couchant. Toute rouge, d'un rouge de brique, elle surgit au milieu du Névé blanc, auréo-lée par les ardeurs de minuit et la base tranche vivement sur ce rouge par un vert d'une intensité considérable, que de près nous avons reconnu être de l'angélique. Au moment d'arriver à cette oasis que les chevaux reluquent depuis longtemps, nous traversons deux courants très forts, très froids, qui charrient des morceaux de névé et je suis obligé d'arrêter mon cheval au milieu du torrent pour laisser passer devant moi un morceau de glace qui lui aurait rudement entaillé les jambes. Au pied du névé nous trouvons de grands morceaux d'obsidienne, une espèce de lave fondue ayant les apparences du verre fondu et qu'on nomme, les minéralogistes ne savent pourquoi, agate d'Islande. Enfin nous y voilà après douze heures de selle, en nous retournant nous saluons dédaigneusement le Sable qui Crève, lequel décidément est sans danger par un temps clair. Nous l'avons derrière nous maintenant, et nous ne devons plus craindre de manquer le bateau. Entre nous, nous décidons bravement que ces fondrières sont une fumisterie ; mais en voilà tout juste une très large, comme pour répondre à nos insolences, à travers laquelle nous cheminons lentement, sans trop d'encombre, jusqu'au lieu du campement. Celui-ci est une petite prairie, pénétrant en cercle comme un cirque, dans une

excavation de la montagne. Tout autour coule la
Rivière du Taureau; derrière, le névé avec les deux
montagnes rouges, la petite Montagne de l'Aigle et
la grande Montagne de l'Aigle. Nous dînons d'exquise manière d'un gigot d'agneau et d'un bon
potage au Liebig et à l'angélique.

La nuit, quoique froide à cause de la proximité
des neiges, fut excellente.

Lundi, 1 Août.

La Rivière du Taureau a une température de
3° 1/2 cent. du côté du névé. Le matin nous devons
permettre aux chevaux de se restaurer du jeûne de
la vieille et nous nous réunissons pour causer du
Sprengi. Zické, lui, n'a pas d'opinion, ça lui est bien
égal. Le jeune homme se désintéresse et surveille
le café. Mon compagnon et moi nous trouvons que
cela n'est pas dangereux, très amusant et que le
paysage vaut l'excursion. Thorgrimur est de notre
avis, seulement il croit qu'en temps de pluie et de
brouillard elle serait dangereuse et même impossible ; il faudrait camper, car nulle direction n'est
possible et les fondrières à cause de l'humidité du
sol ne se distingueraient pas du tout du terrain
ordinaire. Bjarni, l'autre guide qui nous a parfaite-

ment menés, dit que tout consiste à connaître son chemin et qu'il y a de grandes frondrières dangereuses du côté du Lac du Mi-Chemin. Bien entendu, on ne va pas les essayer, comme on ne va pas se mettre sur un rail, devant la locomotive, pour voir comment ça va.

En résumé, s'il fait clair, que vous avez un guide et qu'il vous passe par la tête de traverser le Sable qui Crève ne faites pas un quart d'heure de détour au récit de la difficulté de la route.

Jadis les Islandais prenaient souvent ce chemin pour aller du Nord au Sud, maintenant il est complètement délaissé parce qu'il n'est pas praticable pendant dix mois et qu'on en a peur. Chaque année quelques-uns viennent du Sud jusqu'à la Montagne de l'Aigle pour cueillir du lichen, de l'herbe de montagne comme ils disent, et de l'angélique, mais ils ne vont pas au-delà.

Il faisait un temps splendide, nous traversâmes encore quelques sources de la Rivière du Taureau pour sortir de ce demi-cercle du névé. Derrière nous trois pointes surgissaient dans la montagne.

Devant s'étendait la vallée, non plus de pierres mais semée d'un peu de gazon, un gazon très supérieur à celui du campement et dont on avait peine à détacher les chevaux. A gauche se découvrait tout le système central de l'Islande. C'était d'abord dans la plaine, la tache noire d'un champ de lave (Hagaunguhraun) puis tout le contre-fort du grand Névé de l'Eau. (1) D'abord le Névé de la Montagne de Tugna, (2) puis le grand système du Névé de Skaptar, (3) tout au-dessus on voyait la neige se prolonger en un névé plus dense, plus long qui s'enfonce sous le ciel pour aller rejoindre sans doute le grand névé central. Nous traversons deux fois la Rivière du Taureau, qu'il faut passer le matin car plus tard elle est impraticable à cause de la fonte des neiges et nous restons définitivement sur la rive droite. Nous parvenons à tirer du cygne qui se trouve sur les petits lacs et les bras de rivière, mais il faut des balettes pour achever un cygne déjà blessé, car le plomb ordinaire le laisse insensible.

Sur notre droite le Névé de l'Aigle se prolonge en pente douce, puis vient un groupe de pics singuliers, une longue série de rochers pointus qui surgissent de la neige comme rarement font les montagnes d'Islande, uniformément couvertes de la blanche robe du névé. Ce sont les montagnes des Vieilles Femmes, (4) un nom que dans les pays du

(1) Vatna jokull. (2) Tùngnafellajokull. (3) Skaptarjokull. (4) Kerlingàfjöll.

GEYSIR

Nord on donne volontiers à ces rochers qui se découpent capricieusement en pointes, qui se penchent les uns vers les autres en maigres silhouettes, comme un cortège de sorcières.

Pendant l'après-dîner l'horizon s'étend jusqu'au Névé de Skaptar, l'herbe est assez bonne, le temps splendide.

Vers deux heures nous traversons la Rivière Bleue (1) qui est une fondrière, plus loin la Knifa, plus large mais peu profonde et roulant sur un lit dur. L'herbe est assez marécageuse jusqu'au désert de Fordung(2) qui pendant trois heures renouvelle le paysage du Sable qui Crève. Des galets jaunes, des galets bruns, des galets noirs. Au fond de l'horizon se dresse l'Hecla, sur lequel nous marchons en ligne droite, mais il est très loin, bleuté par la distance et n'offrant dans ses formes générales rien de caractéristique.

Parfois on voit à sa gauche la longue ligne des névés du centre; tout le majestueux massif du Névé de l'Eau dont les puissants contre-forts forment autant de montagnes: souvent le désert se creuse légèrement, dominé seulement par les Vieilles Femmes et le Névé de l'Aigle, qui dans la distance reprend sa blancheur.

(1) Blautá. (2) Fjordúngsandr.

Au-delà du désert roule la Kisa, qui est bonne et peu profonde, et nous longeons la Rivière du Taureau, à une journée de la source, toute gonflée, avec les apparences d'un grand fleuve. Beaucoup de cygnes volent au bord. Nous mettons sur nos chapeaux des plumes de cygne, mais nous ne pourrions rentrer ainsi en Angleterre, car les farceurs s'imagineraient que nous avons traîtreusement assassiné une poule dans une basse-cour,

Il y a vers cet endroit, une toute petite hutte en pierre pour le logement de ceux qui viennent rassembler les moutons en automne. Le guide y va prendre une bouteille qui sert de boîte aux lettres et en extrait une missive.

Stulka? lui dis-je (Jeune fille?) en montrant la lettre. « Ja, Stulka » répond-il en riant, car ce sont de ces choses qui se comprennent dans toutes les langues. Cependant je le soupçonne fort de s'être vanté, car je ne pense pas qu'une jeune fille d'Islande soit assez folle pour mettre des « poulets » en cette boîte-là.

Nous campons dans un creux au bord de la Kisa, vers 8 heures. Peu d'herbe pour les chevaux et à peine quelques sarments pour notre feu.

Mardi, 2 Août.

Il ne fait pas joyeux, une pluie torrentielle tombant toute droite avec un mauvais brouillard très dense. Il paraît que nous avons quatorze heures de cheval. Cela nous étonne en regardant la carte, mais le guide l'affirme avec conviction. « Eh bien, nous les ferons ces quatorze heures, Bjarni! » car la perspective de camper une nuit de plus par ce froid brouillard ne nous sourit que tout juste. Nous le soupçonnons d'ailleurs d'exagération car déjà les autres jours nous avions remarqué que les journées étaient bien moins longues qu'il ne disait. C'était toujours quatorze heures, douze heures! Pour arriver jamais à destination, d'après son calcul, il aurait fallu des journées comme celles de Josué lorsque le soleil s'arrêta sur l'horizon.

Peut-être par indifférence native ne s'était-il jamais donné la peine dans ses autres voyages d'observer les distances, ou les avait-il faits très à l'aise; peut-être croyait-il nous faire le soir le plaisir d'une surprise en arrivant plus tôt, et ménageait-il son amour propre de guide pour le cas où nous nous serions égarés.

Nos provisions s'épuisaient aussi; nous avions

abusé du sucre et du lait concentré, il ne restait qu'un croûton de pain et un petit gigot d'agneau.

Nous partions à fond de train cherchant à tromper le déplaisir de la température par une course plus mouvementée et nous traversons bientôt le Grand-Ruisseau (1) peu profond, peu large, sol pierreux. Il forme une toute petite chute en amont et est comme tous les autres cours d'eau que nous traversons, un affluent de la Rivière du Taureau.

Plus loin la Rivière de la Vallée, (2) assez large, bon terrain, pas profond. La rivière forme en amont une chute des plus jolies ; elle tombe d'une hauteur de huit mètres en deux jets larges, autour d'un rocher noir campé, comme toujours en Islande, au milieu de la chute. C'est un petit coin riant, une idylle de cascade après les sauvages grandeurs de la Cascade Roulante. Plus loin la rivière s'encaisse si étroitement qu'on peut la franchir d'un bond, dans un goulot très bleu, par conséquent très profond. Au-dela elle s'élargit en deux bras qui pendant 200 mètres, forment des rapides autour d'une île et tombent en deux chutes dans un seul et même bassin. Une petite rivière très capricieuse s'accordant dans cette vallée perdue une foule de fantaisies.

(1) Miklilœkr. (2) Dalsà.

224

La pluie un moment interrompue reprend de plus belle, une vraie cascade qui ruisselle le long de notre manteau huilé et nous devons nous arrêter dans un plateau marécageux pour laisser pâturer les chevaux.

En Islande, on ne choisit pas son heure et son endroit pour s'arrêter, un rayon de soleil et un abri de rocher, non, on dépend absolument des chevaux et lorsqu'on rencontre une prairie de bonne herbe il faut s'arrêter quelque soit le désagrément pour le voyageur.

Pauvres petites bêtes, que nous avons menées rudement ces jours-ci, à travers un terrain fatiguant, par longues journées, sans herbe. Aussi comme elles mangent goulûment sans se soucier de la pluie. Nous six, après avoir avalé un déjeuner sommaire, nous nous sommes mis chacun sur un bac, le dos à la pluie, le suroit bien ajusté pour l'écoulement, les mains et le visage rentrés sous la carapace laissant l'eau découler. Et parfois on voit deux nez qui s'exposent un instant au froid de l'averse, se pencher l'un vers l'autre dans une morne attitude.

L'après-dîner, changement de décor.

Sous un ciel débarrassé de nuages la Rivière du Taureau s'étale largement.

Après une fastidieuse montée suivie naturellement d'une descente, vient une longue course dans
un désert de sable jaune. Le vent fait lever la fine
poussière volcanique ; et le sable vous assaille
aveuglant, irritant, grinçant sous les dents, fouet-
tant le visage, et de tout le voyage d'Islande ce fut
l'heure la plus pénible, celle où l'on s'est encoléré
et révolté sans trouver de remède.

Puis des rochers et une vraie surprise. A nos
côtés s'ouvre à pic une crevasse large et profonde.
On dirait, là dedans, un parc de grande ville
arrangé d'après les plans d'un habile architecte. Ce
sont des petites pentes avec des pelouses courtes et
tondues où des moutons pâturent, des filets d'eau
s'élargissant en bassins, une jolie chute, une chute
extraordinairement coquette avec des groupes de
rochers, des grottes et des tas de pierres simulant
des ruines. On dirait un parc splendide, mais sans
l'effort qu'on sent toujours dans l'œuvre faite de
main d'homme et qui rend l'œuvre de l'homme
mesquine. Cela se nomme : La Chute de la Rivière.
Rien de plus.

Tout, dans cette partie de l'Islande a des dénominations très simples, comme les choses qu'il ne faut
pas citer souvent et qui ne sont connues que des

initiés. Les Rivières se nomment : la Grande Rivière, la Petite Rivière ; les chutes : la Chute de la Rivière, la Chute de la Rivière de la Vallée et ainsi de tout, parce qu'elles ne sont pas du langage courant, que peu doivent les désigner. D'ailleurs les Islandais n'ont pas l'imagination très prompte pour baptiser les choses ; seuls les accidents principaux ont leur dénomination et presque toujours elle est tirée de la nature ou d'une qualité distinctive de l'objet désigné. Rarement on rencontre de ces noms où l'imagination du parrain a joué le plus grand role, sauf quelques termes génériques empruntés à la mythologie scandinave. Ailleurs que de choses auraient un nom singulier, mais moins pittoresque peut-être que la simplicité islandaise. N'ont-ils pas un parfum de poësie sauvage et un effrayant aspect de vérité en même temps, ces noms de la Rivière qui Tremble, du Sable qui Crève, du Terrible Champ de Lave ? Surtout dans les langues du Nord dont les dures consonnances sont si suggestives de terreur.

La plaine continue avec un aspect de complète dévastation, car dans tous ces environs l'Hecla a plusieurs fois vomi des torrents de lave et des nuages de pierres ; et aussi Raudukambar, une noire montagne qui domine la droite de la vallée.

Celle-ci se termine par un groupe de cônes en poussière volcanique, des cônes très réguliers et très noirs qui ressemblent à ceux de la Vallée de l'Eau.

Après une courte halte vient un long désert de sable brun où l'on fournit une course folle, les chevaux ne semblent pas encore éprouver la fatigue du voyage, mais sans doute que dans quelques jours la réaction se fera sentir. Puis nous voyons sur une pente des taillis de bouleau et du gazon, du vrai gazon après les joncs de ces derniers jours. Aussi comme les chevaux le regardent avec avidité du coin de l'œil, faisant mine de vouloir s'arrêter à tout instant. Elle nous parut bien verte, cette herbe, bien douce à l'œil et ces petits arbustes, rappelant à peine les essences de nos pays, faisaient bien grand plaisir à regarder, avec leurs petites feuilles et leurs minces branches après cette âpre stérilité du désert. On jouissait de cette verdure, de cette végétation, comme au sortir d'une grotte on jouit de la lumière.

Pour la première fois nous nous vîmes refuser l'hospitalité dans une ferme, sous prétexte que le mari était malade et nous dûmes pousser jusqu'à Hakaei. Nous n'étions plus dans le Nord, en dehors des chemins connus. Nous arrivâmes à la ferme en longeant la Rivière du Taureau, la Rivière du Taureau que nous avions vue à sa source, froide et impétueuse déjà, sortant des flancs du Névé de l'Aigle, sa mère, fécondée par le soleil d'été; maintenant coulant au milieu de la vallée, avec des apparences majestueuses et tranquilles comme un grand fleuve qu'elle est, sans rien laisser pressentir dans sa superbe course de son origine si proche.

Nous étions au terme de notre excursion pour rentrer dans la route que parcourent presque tous les voyageurs d'Islande.

Le vieux fermier de la ferme d'Hakaei, avait initié notre guide au Sable qui Crève, dans sa jeunesse, mais maintenant il n'y allait plus. Nous lui demandâmes « s'il y avait des fondrières dangereuses? »

Il nous regarda froidement dans les yeux, en souriant.

« Y a-t-il des fondrières dangereuses ? » que nous lui fîmes demander encore.

Et il continuait à sourire, mais on ne savait s'il voulait dire : êtes vous donc de ceux qui prennent cela au sérieux, ou bien s'il songeait avec pitié : ces jeunes gens cela ne se doute pas des dangers qu'il y a " tant son sourire islandais était en dedans et énigmatique.

Il finit par nous dire qu'il y avait des fondrières très dangereuses aux environs du Lac du Mi-Chemin et il prit une prise.

Lorsque plus tard, nous nous arrêtâmes dans d'autres fermes, nous entendions le guide qui faisait sonner comme une fanfare, ce mot : « *Sprengisandrrr* » ayant acquis en le traversant un avantage sur la plupart de ses compatriotes. Vraiment, il n'y avait pas de quoi être fier.

Pour les chevaux c'était autre chose, mais ayant à bafrer de bonne herbe ils s'en souciaient, comme d'un picotin d'avoine.

LE « COCKNEY TRIP. » HECLA, GEYSIRS.

Nous reprenions maintenant les chemins relativement battus, le voyage classique d'Islande : l'Hecla et les Geysirs, que le capitaine Burton nomme dédaigneusement le « *Cockney trip* » parce que les gens de Londres, en quête d'endroits moins frayeux que la cité, y sont venus déjà étaler leur morgue. Nous allions sans doute aussi sentir peser sur nous cette même froideur éprouvée précédemment dans le Sud.

L'Hecla, nous avions l'intention de le faire, plutôt, avouons-le, pour pouvoir répondre à tous ceux qui nous demanderaient : » Avez-vous vu l'Hecla ? » que nous l'avions vu ; car, la plupart des personnes qui n'ont pas été dans le cas d'étudier la topographie de l'Islande, s'imaginent volontiers que l'Hecla en est le point culminant, l'attraction la plus intéressante. En réalité il n'en est pas ainsi, il en est de l'Hecla comme de beaucoup de choses qui usurpent dans l'estime et l'admiration des hommes une place imméritée, sans qu'on s'explique cet engouement. La chance, la veine ! comme on dit pour les avocats qui parviennent, ou les commerçants qui réussissent.

On s'imagine parfois que l'Islande est un endroit monotone, sans variété ; une île toute blanche de glace et de neige, avec un gros volcan qui fume au milieu : l'Hecla, et au pied de ce volcan une source d'eau chaude qui jaillit à des hauteurs merveilleuses : le Geysir. C'est ainsi qu'on se représente l'Islande en étudiant la géographie dans les manuels, et, cette conception n'est pas la vraie. L'Islande est une île située entre l'Amérique et l'Europe, grande comme le Portugal, n'appartenant à aucun des deux mondes. En Allemagne, comme de juste, il y a de savantes dissertations pour l'attribuer à l'un des deux; pour nous, classons-la dans l'Europe, puisque les Islandais sont unanimes sous ce rapport et enseignent la chose de cette façon. Géologiquement, paraît-il, l'Islande est européenne, et en tous cas, le peuple, les Islandais sont des Européens.

Comme on peut le voir en suivant le voyageur, au jour le jour de ses pérégrinations, il n'y a pas que des glaces dans cette île; un septième est couvert de névés et de glaciers, quoique le glacier proprement dit soit très rare en Islande à cause de la forme des montagnes; $1/14^e$ de lave, $1/7^e$ de déserts de sable, pierres ponces et autres éjections volcaniques; à peu près $2/7^{es}$ de montagnes variant entre 2000 et 3500 pieds, couvertes de neige pendant neuf mois de l'année; et, $2/7^{es}$ de pâturages, c'est à dire d'un sol mou, coupé de fondrières, de torrents, sur lequel il croît quelque chose : des joncs, de la mousse, plus rarement de l'herbe.

Il n'y a pas que l'Hecla non plus; de toutes parts le voyageur rencontre des cratères et des volcans dont l'Hecla n'est de loin, pas le plus considérable.

Pour ne parler que des éruptions contemporaines il y a dans le Sud le Kverkjokull en activité en 1867 et 1875 ; l'Hecla dont la dernière éruption fut en 1878 ; l'Eldey en 1879, le Kotlugja en 1860 et dans le centre, l'Askja en 1862.

Qu'il suffise d'ajouter le Névé de Skaptar, qui en 1763 rejeta la plus grande coulée de lave qu'aucun volcan ait jamais rejetée ; elle roula jusqu'à la mer à une distance de 150 milles du cratère, et forma une île, à quelques milles du rivage.

Nous allions être punis de notre vanité et nous devons répondre : « l'Hecla, nous ne l'avons pas vu. » C'est une de ces montagnes, rarement accessibles, non à cause de l'aspérité de l'ascension, mais par les brouillards qui l'environnent et les tempêtes qui sévissent autour. Lorsque le matin, nous allions prendre l'air en dehors de la ferme, le paysan nous avait déjà dit qu'il était impossible de faire l'ascension ce jour-là, ni probablement le lendemain.

« Où est-il l'Hecla? » — « Ici! » et le guide montrait dans le brouillard opaque et dense une place où il n'y avait pas moyen de deviner une montagne. Au-delà de la Rivière du Taureau, on voyait une base de montagne, plaquée de quelques taches de neige. Cela, c'était le pied de l'Hecla! Et

234

nous en fûmes pour nos frais de venir voir ce gaillard-là.

Au retour nous nous sommes consolés de cette déception en lisant les récits des voyageurs qui ont vu l'Hecla. Ils ont été déçus eux aussi, et tous constatent, qu'il a conquis dans l'admiration commune une place usurpée. Burton qui a fait l'ascension avec trois dames le débine joliment, Coles déclare que ce « n'est pas un objet aussi imposant qu'il avait cru le trouver. » Cependant, par un jour clair, il doit avoir bon aspect à une certaine distance et nous ne pouvons nous refuser de copier la description qu'en fait M. Leclerq. « Nous marchions en ligne droite vers le volcan, qui surgissait au Sud, sous la forme d'un immense dôme blanc, coiffé d'un voile de brume ; vu ainsi à distance, il avait toute la majesté des hautes cimes des Alpes. De la cime jusqu'à mi-côte, il était couvert d'un éblouissant manteau de neige. Au-dessous de la ligne des neiges, la montagne était d'un noir intense, grâce aux matières volcaniques, dont elle est constituée : des tufs, des cendres, des ponces, des scories cimentées par des coulées de lave et des palagonites. Par suite de la pureté de l'atmosphère, le massif semblait très proche ; un beau soleil en faisait ressortir tous les détails; des collines de lave, des glaciers, des champs de neige éclatants lui faisaient un cadre fantastique.... »

L'Hecla, comme altitude est la 5e montagne d'Islande.

Nous partîmes pour Hruni, à quelques lieues de distance. Ayant une petite journée à fournir et devant ménager nos chevaux très fatigués pour le moment, nous allions lentement, de ferme en ferme, prenant du lait ou du café, descendant de selle pour causer aux gens et laisser à nos guides le loisir de raconter les charmes du « Sable qui Crève. » Nous abandonnâmes nos deux jeunes gens dans leurs fermes respectives, après une froide poignée de main et un adieu banal. Le guide acheta un de leurs chevaux pour 75 francs.

Il apprit aussi dans une ferme, que son beau-frère était mort dans les environs de Reykjavik ; il s'était cassé la jambe en hiver, sur la neige ; elle avait été mal remise, et s'était gangrenée. Il ne fait pas très bon se casser les jambes dans ce pays-là. Cela sembla affecter Thorgrimur lorsqu'il en parlait au premier moment, mais il ne dérangea en rien ses habitudes et n'en fut pas moins gai. Dans les lettres qu'il m'écrivit depuis, il rappelle ce

frère mort si malheureusement et certainement il
en a été très affligé ; mais comme leurs joies, leurs
tristesses ne s'expriment pas au dehors.

Hruni était une magnifique ferme de pasteur,
avec des alentours de prairies vertes et des sources
d'eau chaude, élevant dans la fraîcheur du soir,
leurs colonnes de fumée. Il y avait tout près de la
demeure une source où on pouvait laver le linge et
tous les ustensiles quelconques. Près de Reykjavik,
il y a des sources thermales où les jeunes filles de la
capitale vont laver le linge, et près d'un grand
nombre de fermes du Sud, on trouve de ces puits
toujours bouillants. C'est une étrangeté du sol
islandais, cette eau chaude, coulant de toutes parts
à fleur de terre, et aussi, une ressource de la nature,
qui reste toujours généreuse en quelque point, car
cela supplée admirablement pour le nettoyage, à
l'absence de combustible.

Dans tous les environs il y a de pittoresques
montagnes et de vertes prairies avec la belle nappe
du Long Névé, tout proche.

Nous avons pu constater, une fois de plus à
Hruni, le flegme des Islandais au point de vue
religieux. Le journal officiel d'Islande établit sans
aucune intention d'ironie « que tous les habitants

appartiennent à la religion luthérienne, excepté 3 mormons, 1 catholique, 1 unitaire, 1 méthodiste et *3 qui ne savent pas à quelle religion ils appartiennent?* »

Malgré l'évêque de Reykjavik et les temples avec des pasteurs répandus un peu partout, il serait absurde de croire qu'il y a beaucoup de religion en Islande. Dans aucun pays du Nord nous n'en avons trouvé moins et les Islandais semblent avoir en matière religieuse cette même impassibilité et cette même indifférence, qui est le fond de leur caractère. Le dimanche, à Reykjavik, au lieu de se rendre aux offices, ils font de grandes promenades à la campagne, des excursions équestres ; même dans le pays, les gens ne se rendent aux offices que lorsque cela leur plait, en petit nombre et bien souvent les hommes s'attardent à la porte du temple pendant tout le service. Cela pourrait provenir de la difficulté des communications si l'on ne savait combien facilement ils font quelques lieues de cheval pour leurs intérêts matériels. C'est plutôt une indifférence profonde, se manifestant dans tout l'ordre religieux. Jamais nous n'avons vu dans aucune maison, même aux places intimes de la vie familiale aucun emblème religieux ; rien qui parlât d'une autre vie, de l'espérance d'une rédemption ou d'hommes distingués par leurs vertus et occupant dans le domaine religieux une position supérieure. Jamais nous n'avons vu prier.

En Norvège, on trouve dans les fermes des images religieuses mêlées sans distinction et avec inconscience, des images protestantes avoisinant des sujets catholiques; mais il y a là un fond religieux qu'on découvre chez tous; partout aussi dans les taudis les plus misérables une petite bibliothèque de livres religieux occupe la place d'honneur et sur les marges on peut voir la maculature d'un usage fréquent. En Islande on trouve plus rarement des bibles, elles sont souvent reléguées dans un coin comme une chose qu'on n'estime pas trop ou qu'on n'emploie guère. On dit que tout les soirs en hiver, ils lisent en commun la Bible, mais c'est là sans doute, plutôt un passe-temps, une lecture attrayante qu'une manifestation de la vie religieuse. Si c'était par esprit de piété on concevrait difficilement la profonde indifférence de l'été. Les pasteurs n'apparaissent pas dans la vie quotidienne plus religieux que les autres.

On affirme que tous les habitants croient à une autre vie, et il est probable que si on pouvait pénétrer dans le domaine de leurs consciences, on n'y verrait d'autres croyances que ces principes primitifs et simples, si nettement formulés dans le décalogue et qui donnent malgré toutes les erreurs, une grande supériorité aux sectes chrétiennes sur les théogonies païennes.

De leur éducation religieuse ils ont gardé un ensemble de principes vivifiants. Au fond de la mythologie scandinave il y avait le principe du bien et du mal, le respect de la femme à côté d'autres préceptes barbares. La religion catholique en leur apportant le décalogue a supprimé des croyances insensées ou des pratiques cruelles ; et la religion luthérienne elle-même a laissé subsister en eux les règles du décalogue dont l'observation forme selon Leplay, une condition nécessaire du bonheur des peuples.

Mais on retrouve encore de nombreuses traditions de la mythologie scandinave en rencontrant par exemple à côté des noms chrétiens, certaines appellations païennes, comme le prénom de notre guide : Thorgrimur, « masque du dieu Thor. » A la fin du paganisme Thor, le dieu du Tonnerre avait remplacé Odin, le dieu de la sagesse et croire à Thor, était synonyme d'être païen.

240

On retrouve aussi la croyance aux choses surna-
turelles et c'est dans leurs anciennes légendes et
leurs superstitions qu'ils manifestent surtout, cette
tendance commune à tous les peuples. Ils n'ont
jamais été assez fortement éduqués dans la religion
catholique, pour que le surnaturel chrétien n'y soit
pas mélangé des superstitions anciennes. Un homme
des plus intelligents de la capitale nous disait:
« Je voudrais voir ici un prêtre catholique ; il ferait
concurrence aux nôtres et la concurrence améliore
les deux partis. » C'était manifester sa suprême
indifférence en matière de culte. D'ailleurs il
reprouvait les livres qui attaquaient directement la
religion catholique, parce qu'il trouve mauvais
d'attaquer les croyances à Dieu et il nous racontait
très sérieusement des rêves qui s'étaient réalisés
d'une façon fatidique durant toute sa vie.

Dans la manifestation publique du culte rien ne
porte l'empreinte du respect. Les juifs respectent
leur synagogue, les musulmans leurs mosquées, les
hindous leur pagode, mais en Islande les temples
sont des endroits quelconques pour se réunir le
dimanche et qui pendant la semaine servent de
hangar. Comme c'est la salle le plus spacieuse des
environs, le pasteur y refugie des livres, des meu-

bles, sa caisse de cigares : des robes de femme pendent au mur ; le linge, jusqu'aux vêtements les plus intimes y sèchent sur les bancs. Lorsque le desservant lui-même affiche un tel mépris pour l'endroit où il exerce son culte ; cela dit assez quelle doit être l'indifférence en cette matière.

A Hruni nous avons été témoin d'un fait assez éloquent, sans les observations précédentes. Nous désirions photographier quelques types du pays et fîmes prier par le guide, la plus jolie fille de la maison de bien vouloir poser. Peu après, une servante du pasteur se présenta, vêtue du costume national. Il ventait assez fort et nous ne parvenions pas à découvrir une place sortable, lorsque le pasteur présenta l'église : la jeune fille se mit dans le chœur contre une fenêtre et nous la photographiâmes, en riant beaucoup tous ensemble. Les seuls gênés c'étaient nous, trouvant singulier que dans un temple de culte quelconque, des jeunes gens s'amusassent à photographier une jeune fille tandis que le pasteur riait à se tordre, et que Thorgrimur s'exerçait sur l'harmonium.

Cette indifférence est d'ailleurs attestée par l'histoire. Au commencement ils étaient païens et cultivaient cette mythologie scandinave si étrangement fantastique. Leurs chants poétiques célébraient les joies du combat et de l'aventure lointaine, les luttes des dieux et des géants. C'était une grandiose épopée souillée de sang, entremêlée de chocs et de luttes féroces. On eut dit, que le génie scandinave était imbu comme l'esprit hindou du fatalisme des choses, de l'inéluctable destruction finale de tout. Il ne s'elevait au-dessus de ces puissances monstrueuses, aucune autre capable de les dominer toutes, aucune force impérissable; les dieux se détruisaient les uns les autres et les hommes eux-mêmes parvenaient à balancer leur influence, à les tromper, à les vaincre, comme si l'esprit scandinave par la contemplation d'une nature sauvage et implacable eut appris, qu'à la longue rien ne peut résister à ses forces destructives. Peut-être aussi, faut-il y voir la manifestation d'une indépendance suprême qui ne saurait admettre, même dans la théogonie, qu'il y eût des êtres invincibles. Leurs dieux et leurs déesses n'étaient au demeurant, que des guerriers mieux constitués que d'autres, ayant des muscles plus vigoureux, des armes mieux fabriquées, des ruses plus savantes. Tout cependant finissait par la mort, avait la destruction comme aboutissement final et semblait dominé par l'implacable loi du nirvana.

Ces aspirations religieuses correspondaient à la vie sociale : vie de braves et de rêveurs. Elle était faite pour ces gens de poigne qui étaient d'une si grande paresse intellectuelle.

Peu à peu le catholicisme, gagna quelques âmes : de douces femmes, plus facilement accessibles aux préceptes évangéliques, des aventuriers ayant appris la religion nouvelle au cours de leurs voyages, l'avaient adoptée; mais la masse y restait très-indifférente et lorsqu'elle fut admise ce fut bien plutôt comme une institution civile librement acceptée par des hommes indépendants, que par ces convictions intimes et raisonnées qui inspirent les croyances. L'histoire mérite d'être contée.

Au IXe siècle, une mission fut envoyée en Islande, par le roi de Norvège Olafr Tryggvason, avec ordre d'établir le catholicisme par la force des armes. En passant et comme pour se faire la main on détruisit un temple païen aux îles Westmann et on se rendit solennellement à Thingvalla pour haranguer la foule. La réunion, qui prétend conserver son indépendance en toute matière, s'irrite de ce qu'on vient leur imposer et veut recourir aux armes; elle ne tient pas énormément à sa religion, mais elle est

244

chatouilleuse, ne supporte pas le joug et se battrait avec le même entrain pour des noyaux de cerise. On voulait immoler quelques hommes pour apaiser la colère des dieux, qui devaient à n'en pas douter, être furieux de ces propositions subversives. — La nature se mit de la partie et pendant la discussion un violent coup de foudre secoua les rochers environnants : « Voyez la colère et la Puissance de nos divinités » disait un partisan des anciens dieux, et le peuple penchait en leur faveur lorsque le promoteur de la religion nouvelle demanda railleusement : « Qu'est ce qu'ils veulent donc, vos dieux chaque fois qu'il tonne? Contre qui étaient ils fâchés lorsque le champ de lave sur lequel nous nous trouvons, a coulé? » En homme habile il avait saisi le joint, il avait exploité le sentiment d'indifférence et même de raillerie qui est au fond de leur nature. L'assemblée rit, se dispersa tranquillement et résolut de s'en référer à l'avis du païen Thorgeùr, un sage législateur de l'époque, pour savoir quelle religion on adopterait, C'est une façon, au moins singulière, de traiter en matière religieuse. Après de longues et profondes réflexions le sage païen parla en ces termes : Il me semble que c'est un malheur pour le pays, lorsque tous les hommes n'ont pas la même loi. Je vous en prie, ne vous divisez pas. Il ne faut qu'une loi et une religion. Et il rédigea une proclamation décrétant la religion catholique.

Il fut arrêté en conséquence de cette magistrale décision, que tous les Islandais seraient baptisés et croiraient à un seul dieu. Les membres de l'althing changèrent de dieux, comme on change d'habit. Au retour de la session ils se firent baptiser et même les plus grands ennemis de la religion nouvelle se soumirent à la loi adoptée par l'assemblée; mais pour recevoir le sacrement avec le plus de confort possible ils se dirigèrent vers les geysirs ou d'autres sources d'eau chaude. L'histoire rapporte à ce sujet un sarcasme du plus pur esprit scandinave. Tandis que le promoteur du catholicisme baptisait un vieux prêtre païen qui l'avait poursuivi de la façon la plus ardente : « Maintenant, dit-il, nous apprenons aux vieux prêtres à mâcher du sel. »

On aurait tort de s'imaginer que les Islandais se soumirent à tous les préceptes du culte décrété. A la longue, les saines règles du catholicisme supplantèrent la religion ancienne, les mœurs s'adoucirent, la vie humaine fut plus respectée, on crut en un seul dieu, à la chute, à la rédemption. Neuf couvents s'élevèrent dans l'île et il y eut nombre de gens religieux ; mais il demeurait toujours un relent de paganisme qui se mêlait intimement à la nouvelle croyance. Indifféremment on nommait les enfants Thor ou Jean ; la forme, les images et les symboles poétiques de l'ancienne mythologie inspiraient seuls les scaldes et se perpétuaient dans les chants de la veillée.

Les plus aventureux changeaient selon les inspirations du moment.

Le scalde Ostarson, ne veut se laisser baptiser que si le roi Olafr consent à être son parrain ; il entre alors à son service en qualité de chrétien, puis retourne aux anciens dieux poétiques, revient au christianisme, tue un serviteur du roi et tombe en discrédit pour un chant trop satirique. En Suède il épouse une païenne et la quitte après deux ans, pour rentrer en Islande, à la suite d'un songe dans lequel le roi Olafr lui est apparu. Il y amène sa première amante à divorcer, tue un neveu de son mari, mais en apprenant la mort du roi Olafr il se sent pris du besoin d'aller le venger et après avoir erré à travers l'Islande, la Norvège et la Suède il périt en mer.

Telle était la vie romanesque des plus aventureux.

247

Plus tard, la religion eut toujours de la peine à dominer, parce que toutes les questions religieuses étaient discutées à l'althing comme des questions purement civiles et que les laïques intervenaient en tout.

A l'époque de la Réforme, le roi de Danemark Christian III imposa celle-ci de vive force. En 1541, il envoya en Islande deux bateaux pour réformer l'île.

Cinq siècles avaient passé depuis l'introduction du catholicisme et depuis lors le tempérament national avait singulièrement perdu de sa vigueur. Un seul homme était de taille à lutter, l'évêque catholique du Nord, qui parvint à soulever ses coreligionnaires et à battre les Danois ; mais après qu'il fut traîtreusement pris et décapité, la réforme ne trouva plus dans le peuple aucune opposition sérieuse. Elle s'implanta encore au milieu de l'indifférence commune et ne parvint pas à effacer entièrement l'autre culte. (1)

Comme la religion danoise était le luthérianisme dont les préceptes sont moins étroits que ceux de Calvin ou d'autres réformateurs, beaucoup de principes catholiques furent maintenus et aujourd'hui même on trouve dans les cérémonies religieuses

(1) Voir : P. Baumgarten : Stimmen aus Maria Laach, 1885.

beaucoup de traditions catholiques, ainsi voit-on des femmes, en costume de fête, venir célébrer leurs relevailles à la messe.

S'il est à regretter que ces braves gens ne pratiquent pas la Religion idéale, la seule, qui chez les peuples en butte aux agents de désagrégation sociale et d'immoralité, puisse les maintenir dans le bonheur, ils observent cependant les pratiques essentielles. Par des qualités qui semblent inhérentes à leur race et à leur mode de vie, à cause de la douceur native de leur caractère, ils pratiquent les préceptes du décalogue et se rapprochent plus de la perfection que des peuples soi-disant catholiques.

Il ne faut pas s'arrêter aux dénominations. Les religions se distinguent par certaines croyances et certaines pratiques ; or chez bien des peuples de l'Europe, une foule d'individus abandonnent les croyances et plus encore les pratiques, tout en conservant une étiquette quelconque, qui les fait classer par des statisticiens dans un groupe religieux déterminé. Combien d'incroyants n'y a-t-il pas chez les nations réputées catholiques ? — L'Islandais ne tue point, respecte ses parents, ne prend point la femme de son prochain, ni son bœuf, ni son âne. Il observe très généralement le repos dominical.

De Hruni aux Geysirs, la journée fut peu mouvementée : on traverse la Rivière Blanche, dont le passage exige une demi-heure, tant elle est large. Le gué n'est cependant pas très profond; mais c'est une demi-heure d'attention soutenue et de prudence, car un faux pas du cheval précipiterait le cavalier dans la rivière. Le moindre inconvénient en serait de prendre un bain des plus froids. Le passage se fait sans aucune difficulté.

Vers le soir, nous voyons s'élever devant nous des colonnes de fumée, l'une épaisse et haute s'en allant sous le vent en légers flocons, les autres plus minces dressant dans le ciel des spirales bleuâtres. C'est la Vallée des Geysirs, célèbre dans le monde entier. Les Geysirs ! qui n'a rêvé de voir cela? On traverse à la hâte la petite rivière de Tungufjlot. De près on reconnaît l'éminence du Grand Geysir. C'est une petite élévation, se terminant dans le haut par un large bassin (1) rempli d'eau bouillante. Nous dressons la tente au pied de l'éminence, à l'endroit où tous les voyageurs dressent leur tente, et cependant on est si près du Geysir, qu'il semble dangereux de camper là, pour le cas d'une éruption. On apporte du foin de la ferme voisine pour éten-

(1) 15 mètres de diamètre.

dre au fond de la tente, ce qui donne un aspect plus confortable que dans les campements précédents sur la terre dure.

C'est une vallée des plus étranges, que celle des Geysirs, un des phénomènes les plus bizarres de la nature. D'abord c'est le Grand Geysir, qui concentre toute l'attention. Certes on ne peut pas s'attendre à le voir jaillir, car très peu de voyageurs jouissent de ce spectacle. De génération en génération il se fait plus vieux, son tempérament bouillant se calme, ses incartades se font plus rares. Jadis, c'était tous les jours qu'il sortait de son bassin en jet grondant et impétueux. Toujours, cela est devenu moins fréquent, plus irrégulier. Aujourd'hui, il jaillit en moyenne une fois en dix-sept jours ; mais tantôt il lui arrive de monter deux ou trois fois la semaine, lorsque l'atmosphère et l'action volcanique influencent son tempérament ; d'autres fois il attend trois semaines à peu près et les savants prédisent sa décrépitude. Lorsque les descendants des voyageurs actuels viendront l'admirer, sur la foi de leurs pères, ils ne trouveront peut-être plus qu'une nappe d'eau chaude ; le rocher gagnera peu à peu sur la nappe et peut-être se dessèchera-t-elle, comme tant d'autres, dans cette vallée, qui ont été

251

jeunes aussi, et brillants, et ont eu leur moment de gloire.

De tous les voyageurs que nous avons rencontrés, aucun n'a vu jaillir le Grand Geysir, et le guide qui a fait trente cinq fois cette excursion en y campant souvent plusieurs nuits ne l'a vu que six fois. Il ne se dérange pas pour les rois : le prince Napoléon et le roi de Danemark ne l'ont pas aperçu, et il n'est point galant pour les touristes du commun.

Déjà les naturels, qui ont grand peur de perdre cette attraction, ménagent les illusions des touristes. Comme il pleuvait à verse, quand nous y étions, on nous disait : « Il fait trop humide » et à un Anglais, qui nous avait suivi par un temps splendide « Il fait trop sec. »

Pour nous, il se contentait de fumer et parfois tout le sol tremblait avec un grand bruit souterrain, comme du tonnerre ou des décharges d'artillerie. Lorsqu'on montait alors sur le monticule, il vacillait sous les pieds comme dans une terrible secousse; l'eau se mettait à bouillir, la colonne de vapeur devenait plus dense et montait plus haut, le réceptacle débordait, et de toutes parts l'eau chaude coulait le long de l'éminence. Cela durait quelques

252

instants, et tout reprenait sa situation normale.

Le premier jour cela se fit une couple de fois : durant la nuit nous fûmes éveillés deux ou trois fois par le bruit souterrain. On bondissait sur sa couche, réveillé en sursaut ; on sautait dehors : la fumée montait, l'eau bouillait, puis, sur une dernière décharge, tout rentrait dans le calme.

Qui saurait dire le charme sauvage de ces nuits? Nous étions seuls dans la tente, car les guides avaient préféré chercher un lit dans une ferme voisine. Au loin, dans le crépuscule de la nuit on voyait des montagnes pâles, le ciel se teintait de couleurs vagues et indéfinissables. Sur toute la vallée il y avait un silence de mort, une lourde pesanteur de solitude. Et tout autour dans la fraîche atmosphère nocturne, montaient les fumées des Geysirs, s'en allant en hautes colonnes hiératiques vers le ciel, comme des holocaustes majestueux. Lorsque le vent passait dans la vallée, les vapeurs s'éparpillaient par le ciel, déchiquetées en blancs flocons, portées par petits nuages vers les montagnes voisines, comme un vol de choses impalpables et légères; et lorsque le vent devenait impétueux et sauvage, les vapeurs se tendaient le long du sol, s'allongaient en longues lannières frémissantes, douloureusement.

Soudain toute la vallée était secouée par un vacarme formidable : le Grand Geysir détonnait, et, au
milieu de cet isolement dans lequel on se sentait
perdu, il semblait que la nature eut seule une vie
mystérieuse et puissante, qu'elle régnait en maî-
tresse. On ne pouvait se défendre tant elle semblait
vivace et irrésistible, de lui prêter des sentiments
et de la volonté. Les vapeurs semblaient animées,
les Geysirs se mouvaient et bouillaient avec colère
et irritation, la grande voix tonnante avait l'air de
s'adresser à nous, pauvres humains fragiles. Chacun
des Geysirs semble en quelque sorte se personnifier
en un esprit intelligent qui vous comprend; on les
apostrophe, on les injurie, on les remercie comme
des êtres responsables. Et telle est la fascinante
illusion, si puissante est cette vie de la nature dans
la vallée des Geysirs, qu'inconsciemment, aucun
voyageur ne s'est défendu de les apostropher, de
leur *parler*.

La troisième fois, il allait être quatre heures.
Nous délibérâmes pour savoir si nous nous léve-
rions et après quelques hésitations, je sortis. Dans
la brume de la nuit, car alors déjà nous avions des
nuits très courtes, je ne vis rien monter : mais bien
nous en prit d'avoir été regarder, car nous aurions

gardé, toute la vie la honte de cette paresse, et cela sans la mériter. — Le lendemain matin, les guides venaient nous dire d'un air goguenard, que le gamin de la ferme, en menant les moutons au pâturage, avait vu le Geysir surgir pendant la nuit.

Ce gamin, une petite figure mauvaise, passait précisément dans les environs, et renouvela son dire.

« Ah! dit le guide, il aura jailli pendant que vous dormiez! » Et nous nous morfondions.

« Mais à quelle heure cela était-il? » demandai-je au gamin.

— Il était juste quatre heures. »

— Bien sûr? »

— Bien sûr. »

— Eh bien, gamin, à quatre heures, moi, j'étais debout sur la pente du Geysir à le regarder fumer, et, vous, en avez menti. » —

Pour les savants, cette vallée des Geysirs, est du plus haut intérêt, quoique depuis longtemps tous les mesurages soient faits et toutes les théories étudiées. Pour le vulgaire, elle est des plus curieuses. On peut se payer là une foule de petits plaisirs originaux et drôles. Tout près, de ce fumiste de Grand Geysir, au fond d'un grand puits rouge bout là Baratte (le Strokkr). Il bout avec colère, crevant à la surface en gros bouillons, comme un vieux grognard de Strokkr qu'il est. Les guides remplissent l'orifice de quelques brouettées de terre, et lorsque la vapeur est accumulée, Strokkr se dégage avec un grand bruit ; les blocs de terre volent en l'air à une vingtaine de mètres. A 25 mètres le large jet jaillit, retombant sur lui-même en gerbes blanches, qu'un nouveau jet vient percer, s'élançant très haut en fines pointes qui se replient gracieusement. Au-dessus flotte un long et majestueux panache de fumée blanche, qui s'en va par épais flocons. Cela dure quelques minutes ; le jet d'abord un peu malpropre à cause de la terre jetée dans le Strokkr, se purifie par ses élancements successifs et les dernières gerbes sont d'une immaculée blancheur. Cette éruption pittoresque console du Grand Geysir dont le jet s'élance dans les mêmes conditions, mais à une hauteur plus grande.

A l'état ordinaire le Strokkr est une citerne rouge avec de l'eau chaude et du bruit : à l'état d'éruption, c'est une splendide fontaine, mais une fontaine d'eau bouillante avec un voile superbe de gaze blanche qui flotte autour.

Lorsque le Strokkr a craché la pilule qu'on lui a

256

administrée, comme un ivrogne qui a bavé, il est vide. Parfois l'opération se fait attendre pendant deux heures ; mais il a été de bien bonne composition à notre égard, ayant rendu la dose de terre et d'herbe, aussitôt qu'il l'avait avalé. Il paraît qu'il n'avait jamais été si prompt.

Plus loin, il y a le Petit Geysir, qui jaillit à dix ou douze pieds, deux ou trois fois par jour en beau jet blanc, étroit, et tout autour il y a des sources de toutes les formes. Les unes chaudes seulement, sommeillant au fond d'un trou, d'autres qui bouillent impétueusement, de plus vieilles qui sont éteintes et retirées et tout le sol est miné à la surface par ces trous d'eau chaude.

Le soir, couché dans la tente, on éprouve cette étrange sensation de vide, qu'on ressent sur les bancs adossés au précipice. On a beau savoir que la terre est ferme, qu'il y a une balustrade, on n'en sent pas moins cette chose qui se creuse derrière soi, attirante. Jamais nous n'avons senti comme aux Geysirs, cette impression de l'extrême fragilité de la croûte sur laquelle nous marchons, de sa ténuité, car vraiment, là, elle tremble comme une chose très mince, lorsque le Geysir tonne, et partout on la voit minée et s'effritant par le bord.

257

Tout près du campement, coule Blesi. C'est une admirable caverne souterraine, remplie d'eau bouillante. Lorsque pendant une éclaircie, le soleil plonge ses pâles rayons dans cette eau transparente, il éclaire de féeriques profondeurs. Tout au fond jusque dans des retraites où le regard ne perçoit plus que de l'ombre à travers la couche liquide, s'étendent d'admirables parois d'un bleu foncé, avec des cristaux verts et bleus, aux arêtes blanchâtres ; dans les couches supérieures les cristallisations sont pâles et vives, mais plus loin à travers la surface bouillante elles deviennent plus sombres par toute une gamme de vert et de bleu, qui se termine en des teintes foncées indéfinissables.

Blesi est le plus beau des Geysirs, et un bon petit Geysir, très aimable pour le voyageur. Son eau est potable et sert à préparer le dîner. Au moyen d'une ficelle on suspend quelques boîtes de conserves dans la grotte bleue ; on prend la théière, pour y mettre de l'eau de Blesi et du thé ; on verse du lait dans un vase et pour le tenir chaud on le dépose dans un petit trou qui tient lieu de bain-marie ; on prend quelques assiettes pour faire du Licbig. Affaire de cinq minutes pour préparer le meilleur des repas d'Islande.

Et non seulement, Blesi, fournit l'occasion d'un prompt repas, mais à quelques mètres de là il produit par son trop plein un petit cours d'eau chaude qui vient se mêler à des eaux plus froides et forme un admirable bain. La pierre creusée naturellement à la profondeur d'un mètre, forme un bassin très doux à l'œil, d'une couleur très fraîche et d'une fine granulation au toucher. Le bain lui-même et tous les alentours sont recouverts d'un dépôt aux teintes roses qui en fait le plus joli bain qu'on puisse rêver.

Plaisir des yeux, qui se reposent de la morne stérilité des déserts sur ces tons de chair ; plaisir, de sentir voluptueusement courir sur le corps refroidi par la nuit de la tente, cette tiède caresse de l'eau — et la grotte bleue qui fume comme une cassolette énorme, le susurrement lointain des sources qui chantonnent en sourdine, et soudain, comme un courant électrique, le tremblement de toute la terre avec la puissante orchestration d'en dessous.

— Raffinements de satrape.

Ce ne sont pas les seuls amusements de la Vallée des Geysirs. Après avoir pris un bain, préparé son repas d'une façon originale, fait jaillir le Strokkr,

259

on mesure la profondeur des trous, la température de l'eau. — Lorsqu'on n'est pas un sage, plaisirs d'enfant. — Un voyageur récent a même découvert que, par un jour de soleil, lorsqu'on va se mirer dans le bassin du Grand Geysir, on peut voir sa tête entourée d'une lumineuse auréole, — et chacun dans cette vallée ajoute une chose plus drôle, à celles trouvées.

Nous avons été privés de cette dernière jouissance, car il a plu à verse pendant les deux jours que nous avons passés là, notre tente a fini par devenir perméable et la seconde nuit, le vent entrait par le bas et l'eau nous dégouttait sur le suroît.

Le paysage environnant est banal. Au moment où on lève le campement, le fermier voisin qui prétend être le propriétaire du Strokkr vient présenter sa note : 5 couronnes pour avoir fait jaillir le Strokkr, 2 couronnes pour le foin et le reste à l'avenant. Il a tout ce qu'il faut pour devenir un bon exploiteur de touristes, sauf l'initiative car il n'y a pas moyen de se procurer chez lui la moindre provision, ni la moindre boisson. Il n'a pas même du sucre. Cependant cela se perfectionnera tout doucement, il ne faut pas désespérer de voir venir le temps où l'on bâtira une cabane : « Hôtel du Grand Geysir » avec une vue sur le Geysir et une autre sur le Strokkr qu'on fera sauter en même temps que le champagne. Eclairées par un beau feu de bengale, les vapeurs de la vallée seront très pittoresques.

Par une pluie battante nous disons adieu aux Geysirs, nous retournant naïvement sur la selle, pour voir si le vieux beau n'aura pas une éruption au moment du départ, comme il advint à une miss qui avait campé trois jours.

Dans la journée on longe une série de vallées plus ou moins pittoresques, et une source d'eau chaude, qui monte en épaisses vapeurs.

Vers midi, la Rivière du Pont, forme une chute très originale. L'eau ne tombe pas de haut, mais la chute est très large, se répandant en une foule de cascatelles qui bruissent gentiment, côte-à-côte. Au milieu de la chute dans le sens du courant il y a une crevasse de lave bleue dans laquelle l'eau se précipite et sur cette crevasse un pont en bois. Des voyageurs ont raconté sur ce pont des choses bien follichonnes parlant à plaisir d'abimes et de danger de mort. On traverse la rivière en haut de la chute, mais le gué malgré le mouvement de la cascade n'est ni profond, ni dangereux; tout au plus le cheval pourrait-il broncher sur les pierres du lit. Le pont en bois n'est évidemment pas à comparer au pont de Londres, mais il est solide, bien établi, toujours propre parce que l'eau du torrent roule dessus et assez large pour qu'un cheval puisse y passer à l'aise avec son cavalier. Le sol du torrent a des reflets violacés de scorie, des bleus d'acier qui donnent un cachet original au spectacle.

L'après-dîner on rencontre une petite grotte noire qui sert de retraite aux moutons. La montagne s'élève en masses de blocs noirs comme du jais, qui sous l'ondée luisent d'une façon sinistre, et pendant quelque temps on longe des contreforts formidables et sombres, comme un portique d'enfer.

Vers le soir nous allons être en vue du Lac du Parlement. Maintenant, il était autrement beau que la première fois, quand il faisait du soleil. Les teintes du crépuscule et les voiles du brouillard lui donnaient ce charme pénétrant de tous les lacs du Nord, une charme qui est moins dans la chose elle-même que dans le mélancolique sentiment qu'elle inspire. Silencieusement, nous traversions la Crevasse du Corbeau, (1) se creusant en gorge

(1) Hrafnagjá.

sauvage et noire, avec un pont naturel en blocs de lave. — Nous avions encore deux jours à passer en Islande et nous nous laissions aller à cette mélancolie. Depuis trois ans nous visitions chaque année le Nord, aimant ces paysages sauvages, ayant lontemps vécu de ces souvenirs. J'avais vu les lacs d'Ecosse, les fiords de la Norvège, je venais de parcourir cette sauvage terre d'Islande ; et maintenant je savais que pour toujours c'était fini de ces paysages polaires et pour la dernière fois nous regardions ce lac que plus jamais on ne devait revoir.

C'était comme un symbole de tous ces pays du Nord, fatidique, sombre, avec sa mystérieuse écharpe de nuages et de brouillards, et alors toutes les impressions éprouvées se réunissaient en une seule avec certitude que c'était fini et le regret. C'était comme un adieu suprême du Nord. Peut-être allions-nous voir d'autres paysages plus étince-lants, plus lumineux, mais d'en avoir vécu si long-temps et de le quitter pour toujours, on est pris de mélancolie.

Nous décidâmes de passer cette dernière nuit dans une ferme inconnue, afin d'avoir encore le charme d'une hospitalité cordiale et nous aperçûmes

qu'en dehors des fermes connues, l'hospitalité du
Sud valait celle du Nord. Pour la dernière fois,
du moins nous le croyions, nous mangeâmes du
« skyr » et ainsi à toutes les opérations les plus
vulgaires se mêlait une mélancolie et les gens,
apprenant que dans deux jours, nous quittions le
pays se montraient plus empressés, comme pour
nous laisser un meilleur souvenir.

Le lendemain matin, un homme venant du Lac
du Parlement vint nous dire que le « Camoëns »
n'était pas encore arrivé, qu'il était parti avec huit
jours de retard pour l'Ecosse. Nous fîmes rapidement seller nos chevaux, pour en demander des
nouvelles; maintenant nous revenions sur nos pas
et nous retrouvions la chute, le lac, la ferme du
pasteur, notre première et notre dernière étape.
Des habitants de la capitale, venus en partie de
plaisir, nous dirent que le vapeur n'était attendu
que pour le lendemain et nous renonçâmes à
pousser jusqu'à la ville ce jour-là.

Nous vînmes loger à Middalr, une excellente
ferme entre le Lac du Parlement et Reykjavik,
occupée par des gens très-aimables. Le lendemain
nous fûmes vers la ville, on voyait s'élever aux
abords de Reykjavik, le phare, une vieille tourelle

264

ruinée, pompeusement décorée du nom d'observatoire. Les maisons s'étendaient dans la baie nombreuses et proprettes ; de beaux bateaux étaient à l'ancre dans le port, laissant flotter leurs signaux bariolés : un yacht sous pavillon français, le bateau de guerre danois, un vapeur anglais, des schooners de pêche comme dans un rendez-vous de nations, un de ces centres populeux dont nous avions perdu la notion depuis le départ. Reykjavik nous apparaissait maintenant comme une capitale très confortable et nous retrouvions des figures connues, des gens entrevus déjà qui nous saluaient de la main comme d'anciens amis.

Et de Camoëns toujours point! Il allait venir on ne savait quand, le soir peut-être, le lendemain, dans huit jours? Chaque matin lorsque le garçon nous apportait le café au lit, nous lui demandions si le vapeur n'était pas arrivé la nuit et lui, secouait la tête d'un air résigné : « Pas de Camoëns, sir. » Enfin il arriva le quatrième jour. Sauter dans la barque et aborder le bateau fut notre première besogne, mais le capitaine nous apprit qu'il avait ordre d'aller encore une fois dans le Nord, tenter de prendre les émigrants. Ceux-ci attendaient là depuis deux mois et il n'avait pu les embarquer précédemment à cause des banquises. Peut-être serait-il pris encore et l'on ne pouvait fixer la date du départ.

Il valait bien la peine de brûler ainsi les dernières étapes! et comme Zické nous commencions à regretter les courses folles dans les déserts. Cet arrêt nous procura cependant l'occasion d'étudier Reykjavik et de nous initier aux hommes après avoir parcouru le pays.

Quelques voyageurs étaient arrivés avec le bateau pour passer trois jours en Islande et dans le nombre il y en avait de fort drôles. Il ne faudrait pas s'imaginer que l'Islande marque les voyageurs d'un coin et que tous soient aimables, parce que très souvent un touriste déterminé est en même temps un excellent compagnon. Quelques uns étaient de relation charmante, ayant acquis en parcourant le monde des connaissances très variées, ayant perdu cette raideur et cette morgue qui marque les gens d'une seule ville. Un monsieur et une dame après avoir été deux fois en Amérique, étaient venus pêcher le saumon en Islande; un autre, officier anglais, avait été blessé dans la guerre de l'Afganistan et venait maintenant du Caire pour pêcher en Islande avec sa jeune dame. Il faisait

266

parfaitement l'aquarelle, elle parlait admirablement le français et détaillait avec un sens très artistique les charmes du paysage. Ils nous avaient accompagnés jusqu'à Stykkisholmr au départ et retournaient avec nous ; leur société a rendu ces quinze jours de mer agréables.

A côté d'eux, il y en avait de très réjouissants. On peut trouver au bord du Rhin des touristes intelligents faisant le voyage avec un vrai sens de l'art aussi bien qu'on rencontre en Islande des gens renouvelés de Tartarin et de Don Quichotte. Il semble que ces charges spirituelles loin d'être un correctif poussent certains voyageurs à les prendre pour modèle et qu'au lieu de se guérir du ridicule ils s'en inspirent.

Nous vîmes débarquer trois jeunes Anglo-Norvégiens, ne disant bonjour à personne et ayant des airs de faire toute chose comme pour une expédition solennelle. Ils avaient avec eux, de magnifiques selles de charge d'un modèle nouveau, confectionnées à Londres et des coffres vernis avec des coins en métal. Ils essayaient cela d'un air d'importance comme s'ils avaient découvert du neuf. Les guides examinaient les selles et les déclaraient magnifiques, seulement il fallait changer ceci, détruire cela et ils firent si bien que les belles selles furent laissées à l'hôtel comme chose de nulle valeur et après une heure de majestueux et solennels arrangements on dut prendre les vulgaires bacs du pays.

Nous assistions à cela, le cigare aux lèvres, sans un mot, mais pensant mourir de rire.

Ils avaient trois fusils et deux chiens de chasse. Les pauvres bêtes étant incapables de trotter dans les champs de lave, on les plaça chacune dans un bac ouvert, aux côtés du cheval. Il fallait voir cet admirable spectacle, l'air dolent des chiens, les deux têtes dépassant le cou du cheval et secouées par le trot. Tout cela pour aller aux Geysirs et ne rien tirer. Un des chiens avait pris un froid à l'œil et il fallait lui éponger les yeux qui larmoyaient. Depuis, il est devenu aveugle, la poussière volcanique aidant.

A Edimbourg, nous les avons vu débarquer, surveillant avec grandeur le déchargement des magnifiques selles, aidant les chiens à descendre, pauvres bêtes qui boitaient maintenant d'un air très malheureux ; mais leurs propriétaires n'avaient rien perdu de leur aplomb, ils avaient encore l'air solennel d'avoir accompli de grandes choses et pour un peu ils auraient dit, comme Tartarin de son chameau : « ma selle et mes chiens d'Islande? »

Il y avait aussi un français qui avait couru le monde en voyageur pressé, il partait pour les Geysirs avec un parasol, tout comme en Afrique. Au bout de deux heures le parasol était cassé, après deux jours il avait à certain endroit trop directement en contract avec la selle, des furoncles qui le forcèrent, pendant toute la traversée à garder une position horizontale.

C'était d'ailleurs un charmant compagnon, faisant cela, tout naturellement, sans aucune pose; un brave français ne s'étonnant de rien et prenant son encas pour aller aux Geysirs, comme s'il était allé se promener au boulevard des Italiens. Il trouvait que l'Islande manque de comfort et d'hôtels.

Un jeune Anglais de 22 ans emportait la palme, ayant passé trois semaines en Islande, il n'avait pas voyagé de tout le temps; il montait à cheval d'une manière invraisemblable se relevant à l'anglaise, le cou penché, le nez courbé avec une figure de jeune oiseau déplumé. Il avait des cannes à pêche, mais ne pêchait pas; il allait à la chasse mais ne distinguait pas une oie d'une mouette et n'avait jamais vu faire une cartouche. Il n'était en Islande que pour deux choses : faire des photographies et quelles photographies : les environs de Reykjavik ! et chercher des antiquailles. Il achetait tout : boîtes, argenteries, broderies. Il allait de ferme en ferme, muni d'un papier où se trouvaient quelques phrases.

Nous l'avons vu venir dans une ferme où nous nous trouvions, sa première parole était : avez-vous quelque chose à vendre et comme c'était une jeune fille il lui demandait d'acheter un de ses plastrons de chemise ; ce qui mit toute la ferme en gaîté. Il aurait acheté les trois poils du nez de Zœga.

Un jour qu'il avait demandé de nous accompagner, nous lui fîmes expier son importunité ; nous le menâmes par un marais où il criait : » Est ce tout à fait sûr ? » puis par une montée très raide où il clamait : » N'est-ce pas trop haut ? » Tout de même il suivait toujours, à l'anglaise, avec son intraduisible rictus et son bec penché.

Parfois nous le faisions passer devant, pour nous tenir les côtes à l'aise et Thorgrimur, qui, respectant beaucoup les Anglais, comprimait sa folle envie de rire, en fut presque malade.

Tous ces voyageurs étaient venus pêcher la

truite ou le saumon, aux environs de Reykjavik. Trois ou quatre avaient poussé jusqu'aux Geysirs.

Nous les laissâmes à leurs plaisirs respectifs pour aller voir le musée : un musée national du plus haut intérêt au point de vue de l'art islandais et dirigé par un conservateur intelligent, très aimable pour les touristes.

Au premier abord on se trouve étonné devant cet art islandais, comme devant une chose incompréhensible, tellement le caractère en semble emprunté à des esthétiques lointaines.

La partie la plus ancienne comprend des ossements d'hommes, des armes trouvées d'une façon bien singulière. Dans une des sagas les plus célèbres, la Saga de Nial, est désigné l'endroit où des monstrueux combats furent livrés par les héros de la légende. On a fait des fouilles au lieu indiqué et l'on a trouvé des ossements et des armes, d'où on a pu inférer la véracité des Sagas.

L'autre partie se compose d'objets de toilettte, d'ornements d'église et de boiseries sculptées.

Il faut signaler dans la toilette, les belles broderies en fil de soie, d'or et d'argent, qui représentent en vives couleurs des fleurs symboliques et dont les Islandaises ornaient leurs vêtements de fête et les

271

filigranes d'argent rappelant les travaux norvégiens du même genre.

Les ornements d'église paraissent très anciens. Ce sont des Christ avec de grandes croix de style romano-byzantin, des chandeliers et un calice très curieux avec une patène faite très certainement à Byzance. Ces objets ne sont pas fabriqués en Islande, mais doivent avoir été échangés ou enlevés à Constantinople par les insulaires, pendant les longs voyages qu'ils faisaient au commencement du moyen-âge. Cela prouve leur esprit d'aventure, cela jette aussi un doute sur toute manifestation d'art, en ce sens qu'on peut se demander s'ils ont conservé dans leur costume et leurs sculptures, des inspirations primitives, ou si peut-être ils les ont empruntées dans ces voyages. Mais cette dernière supposition semble la moins probable ; d'une race tenace dans ses mœurs ils n'ont pas été portés vers l'imitation, et s'ils avaient du imiter, ils se seraient certainement inspirés d'une esthétique mieux en rapport avec leurs mœurs et plus accessible à cause des relations plus fréquentes avec les peuples du Nord.

Les sculptures sur bois présentent un intérêt particulier à cause de leur destination et des reliefs dont elles sont ornées. Il ne faut évidemment pas se mettre au point de vue de l'exécution qui est imparfaite, étant donné le manque d'éducation professionelle, mais au point de vue des tendances.

De grands coffres, de petites boîtes, des pots à « skyr » s'enjolivent de dessins délicats, mais on doit signaler surtout deux meubles d'un usage tout particulier et qui ne se rencontrent sans doute pas ailleurs. Le premier est une planche de la longueur d'un lit, large d'une vingtaine de centimètres qui se met au côté du lit pour retenir les couvertures ; cette planche est admirablement sculptée dans de longues pièces de bois ou même parfois dans un os de baleine, comme l'exemplaire qui se trouve au musée.

L'autre meuble n'est pas moins étrange et remplaçait chez les anciens Islandais le fer a repasser. C'était une pièce de bois, lisse par le dessous pour aplanir le linge et munie d'un manche, le tout affectant des formes bizarres et révêtu de jolies ciselures et de capricieux dessins.

L'aspect général de cette collection est surtout singulier. Tout entier de tradition l'art paraît s'être conservé tel qu'il était à l'origine, venu de loin comme la race, sans être altéré par le climat ou des habitudes nouvelles. Toutes les lignes sont courbes, formant des cercles, des ondulations, des entrelacs. Rien n'y rappelle l'art du Nord, un art élancé et sévère inspiré par le climat et la religiosité ; tout y est méridional, avec un effort de grâce et des complications recherchées. Mais comme les formes sont tradionnelles, elles finissent par devenir monotones et tournent aux complications géométriques.

Les motifs eux-mêmes sont tirés d'une nature lointaine, comme aucun artiste national ne peut jamais en avoir eu sous les yeux ; ce sont comme des grenades ou des ananas, fruits du midi ; la fleur de lotus qui est essentiellement la fleur et le symbole de l'Inde. Les animaux représentés sont encore des animaux de l'Inde : des crocodiles ; mais jamais vous ne verrez des phoques ou des cormorans qui qui sont des oiseaux du Nord.

Actuellement encore, nous avons vu dans les fermes des sculptures toutes récentes ayant les mêmes fleurs, s'inspirant des mêmes motifs.

C'est qu'ils vivent non d'inspiration mais de tradition et à l'encontre des objections qui s'élèvent instinctivement dans l'esprit, la matière employée vient faire preuve de l'origine. Elle est parfois en bois flotté où l'on perçoit encore le forage des tarets, en corne de mouton, ou en os de baleine et tout autour s'enlacent des lettres ou des inscriptions islandaises.

Nous avons vu sur un bois à repasser du XVIᵉ siècle, représentant un crocodile, une inscription disant : « Celle qui repassera avec ce bois est la plus belle fille du village. » C'était là, une sentence d'amoureux exprimant grâcieusement une idée délicate. Mais, c'est chose rare, la galanterie étant inconnue en Islande.

Cette fleur de politesse n'est pas cultivée dans le Nord extrême. Nous autres continentaux nous disons des femmes tout ce qu'il est possible d'en dire : tout le bien et tout le mal. Nous les traitons volontiers d'anges ou de démons ; nos livres célèbrent à l'envi leur influence bienfaisante ou leur perversité ; notre art, depuis ses plus extrêmes origines cultive ces deux sentiments opposés. Il emprunte la forme et l'élégance féminine pour tout ce qui symbolise l'idéal, la pureté et la grâce, et c'est elles encore qu'il représente dans les grimaces des fantômes fatidiques, les sphinges qui reluquent, les vices, tout ce qui est pour l'homme une source de perdition ou de souffrance.

Mais toujours, dans nos relations particulières,

nous nous piquons de galenterie : d'avoir le sourire aux lèvres, le compliment banal à la bouche et le plastron bien empesé. Cela se nomme le respect de la femme.

Les Islandais n'ont point ces injurieux symboles, ils laissent les femmes comme elles sont, ne leur prêtant en imagination, rien de ce qu'elles n'ont pas dans la nature ; ils ne les trouvent ni bavardes, ni méchantes et il n'y a aucun proverbe pour caractériser les défauts des femmes.

La chose n'est pas sans intérêt pour l'observateur. Aujourd'hui nous sommes polis par éducation et par vanité. C'est un sentiment qui nous est venu par dégradation du moyen-âge et des usages de chevalerie; mais dans les études sociales il est intéressant de s'en demander l'origine. Les uns font venir la galanterie de la mythologie des Germains et des Celtes. Ceux-ci croyaient que les femmes étaient les dépositaires des dieux, qu'il y avait en elles quelque chose de saint et de prophétique et leur rendaient pour cela un certain culte. Avec la transformation des mœurs ce sentiment religieux se serait développé et répandu par la terre avec l'expansion des races du Nord.

Les autres le font venir des préceptes chrétiens

qui ont mis au même rang que l'homme, la femme ravalée jusqu'alors, qui l'ont fait aimer comme la compagne intime de la vie. Du moment qu'elle s'élevait à cette situation d'égalité, l'homme, qui était le plus courageux et le plus fort devait en venir comme dans les pratiques de chevalerie à mettre aux pieds de la plus faible et de la plus belle, les hommages de son courage et de son esprit.

Les Islandais font tâche dans cet accord des peuples du Nord, eux, qui ont conservé avec le plus de pureté les coutumes et les usages scandinaves. Ils semblent se rallier inconsciemment aux doctrines de l'Orient et peut-être ne faut-il voir dans cette habitude de se faire toujours servir par les femmes, autre chose que les traditions orientales. La jeune fille islandaise qui vient se mettre près du lit de l'étranger pour lui offrir le café du matin, n'offre-t-elle pas quelqu'analogie avec la femme turque qui se tient debout à côté de son seigneur et maître pour le servir.

La manière d'appeler les femmes choque nos habitudes de politesse, on les appelle par leur position ou leur âge d'une façon toute naïve : « Likla stulka. » Petite jeune fille. En causant à une jeune fille on dit : « Stulka » jeune fille et à une servante : « Kuna » femme. Lorsque la femme est d'un certain âge on ne se gêne pas pour lui dire : « Vieille femme, faite ceci, apporte cela. » Jamais on ne leur adresse la parole en les appelant par leur prénom ou avec une formule de respect, mais toujours par ces brutales appellations génériques.

Cependant les Islandais ont été impregnés de la mythologie scandinave et cette situation entame sérieusement l'origine germaine de la galanterie. Dans leurs anciennes sagas, on voit des femmes vénérées comme interprètes des dieux, mais c'est à titre d'exception comme Velléda chez les Germains, la prophétesse de Delphes chez les Grecs et les Vestales à Rome.

Le mariage était un simple contract entre le mari et le beau-père : affaire d'argent sans doute, comme aujourd'hui.

C'est qu'ils n'ont point subi l'influence directe des principes chrétiens et qu'ils ont été en dehors du mouvement de chevalerie qui en est issu. Cependant l'Islandais dans le train journalier de la vie, met la femme à son niveau comme une compagne de travail et une compagne de plaisir. Il ne faut pas inférer de ces apparences, qu'elle est traitée comme une inférieure et une esclave. Les mœurs

278

naturellement plus chastes du Nord, certaines influences chrétiennes, et surtout l'action bienfaisante de la vie pastorale l'ont sauvée de cet abaissement.

La galanterie telle que nous l'entendons aujourd'hui n'est d'ailleurs qu'une forme traditionnelle de la politesse, un vernis d'éducation qui n'implique pas nécessairement le respect de la femme. Il suffit de lire les mémoires du XVIIIe siècle, ce siècle qui avait poussé jusqu'au raffinement le culte extérieur de la femme, pour voir quel dédain et quel mépris ces formes extérieures peuvent comporter lorsqu'elles ne sont pas inspirées par des principes chrétiens.

Quoique les fleurs soient dans tous les pays, un moyen délicat de se plaire, de se comprendre et de se souvenir il n'est attaché à aucune fleur d'Islande un sens quelconque réveillant la moindre idée de sentiment. Ni le myosotis, ni les pensées n'ont les délicates interprétations que lui donnent nos races.

On ne cueille qu'une plante qui est précieusement conservée. Ce sont des tiges d'une herbe rare et odorante réunies en touffe. On les porte au nez pour en aspirer le parfum, les femmes les mettent dans leur corsage et les déposent dans leur

279

armoire à linge, pour y communiquer une odeur de foin très fin.

A côté du musée se trouve le Parlement. C'est un bâtiment en pierres, de forme banale avec une ornementation de café. Quelques tableaux des plus médiocres, mêlés indistinctement à des chromos, ornent les salles, avec un goût des plus douteux.

Jadis l'Althing (le Parlement), se réunissait près du Lac du Parlement, en plein air, sur la Montagne de la Loi. Il y donna pendant 3 siècles le spectacle superbe d'une petite république, restant fière et indépendante, ayant des mœurs patriarchales, offrant à l'Europe l'exemple d'un pays où tout le monde avait son indépendance et son franc-parler tandis que l'Europe était pliée sous le joug des maîtres. C'est chez les humbles que souvent il faut chercher une leçon.

En 1260 l'île passa à la Norvège, par suite des disputes des nobles, qui invoquèrent la protection du pays d'origine et la vendirent ainsi pour sauver leurs ambitions personnelles.

En 1380 elle passa au Danemark.

Il semble qu'à partir de cette époque tout conjura pour anéantir l'énergie et l'individualité des

FERME ISLANDAISE

Islandais. Avec la Réforme ils perdirent leur esprit religieux; par leur annexion au Danemark ils virent s'en aller toutes les libertés; l'Althing n'avait plus rien à dire, le commerce dépérissait. L'énergie disparut à tel point que l'île était à la merci de tous les écumeurs de mer qui s'aventuraient à la piller et l'on vit au commencement du XVIIe siècle des pirates turcs emmener en Algérie 400 des fils et des filles des Vikings, des Anglais et des Français terroriser les enfants de ceux-là qui, jadis brigandaient impunément sur leurs côtes.

La nature parut s'en mêler aussi et durant le XVIIIe siècle elle semble s'ingénier à réunir tous les cataclysmes, toutes les épouvantes qui peuvent désoler une nation. En 1707 la petite vérole enleva le tiers de la population; puis ce fut une série d'éruptions dévastatrices; vers la fin du siècle 10000 personnes meurent de faim.

Le Danemark, pendant ce temps, grevait le commerce d'un monopole en l'attribuant exclusivement à une compagnie ou aux seuls vaisseaux danois; ainsi les objets indispensables pour la vie étaient importés à des taux exorbitants, tandis que les objets d'exportation n'atteignaient qu'un prix dérisoire. Les historiens renseignent qu'à la suite de ces opérations 1/8ᵉ de la population périt de misère et la volonté, l'initiative en fut tellement annihilée que, vers 1760, l'évêque protestant ne parvint pas, avec l'aide du roi, à décider les Islandais à entreprendre des voyages maritimes et des pêches sur leurs propres bateaux.

En 1800, le commerce étant permis à toutes les nations scandinaves, la concurrence releva le marché, le courage revint et aussi l'esprit d'indépendance. La poussée libérale qui ébranla en Europe toutes les autocraties, diminua aussi la tyrannie du Danemark.

En 1854 le commerce devient libre.

Jusqu'en 1800 tous les événements importants furent discutés au Lac du Parlement, mais sous l'influence des restrictions que le gouvernement central imposait à son commerce et à ses lois, l'Islande perdit ses allures de liberté. L'Althing fut dissous en 1800 et l'Islande tomba très bas dans le marasme.

Le Parlement fut rétabli en 1843, mais nommé exclusivement par le gouvernement, le peuple s'en désintéressait. Quelques années plus tard naquit le parti radical, sous la direction de Jon Sigurdson, un homme de haut mérite qui est encore très honoré par toute l'Islande. Il entama vigoureusement la lutte pour le *Home-rule,* afin d'obtenir un gouvernement personnel, faisant ses lois, décrétant ses impôts, n'étant lié au Danemark que par des liens de souveraineté.

Ils obtinrent gain de cause par la loi du 2 Janvier 1871, qui déclare l'autonomie de l'Islande et lui attribue la direction de ses affaires particulières.

Enfin le 5 Janvier 1874, le jour même que les Islandais fêtaient le millénaire de l'immigration normande, la nouvelle constitution fut décrétée. Concédée par un gouvernement éclairé, elle donnait à l'Islande des garanties d'indépendance et depuis lors une ère de prospérité s'est ouverte.

D'après la constitution le pouvoir législatif appartient au roi et à l'althing réunis ; le pouvoir exécutif au roi et le pouvoir judiciaire aux tribunaux.

Le consentement du roi est exigé pour donner force de loi à une résolution de l'althing.

L'althing se divise en chambre haute et chambre basse. La première est composée de 12 membres, la seconde de 24 membres. Six membres sont nommés par le roi et tous les six siègent à la chambre haute.

Le régime électoral est très large en ce sens qu'on y admet tous ceux qui paient une rétribution minime, sont fonctionnaires ou ont passé une épreuve académique. C'est un mélange de système censitaire et égalitaire allant presque jusqu'au suffrage universel.

Deux textes législatifs sont presque des traits de mœurs et méritent d'être notés : Il faut pour être électeur, jouir d'une réputation intacte et aucun projet de loi ne peut être définitivement adopté à moins d'avoir été discuté *trois fois*.

L'église évangélique luthérienne est l'église nationale islandaise : elle est comme telle entretenue et protégée par l'Etat; mais les citoyens ont le droit de se réunir en communauté pour adorer Dieu, suivant leurs convictions, sans pouvoir rien enseigner, ni pratiquer de contraire aux bonnes mœurs.

En entrant dans la maison du Parlement, le plus bel édifice de l'Islande, l'artiste songe certes à la poétique tournure de l'ancien althing se réunissant sur la Montagne de la Loi et trouve la comparaison burlesque; l'homme du monde qui assiste aux séances est frappé d'une tenue différente de la nôtre, les mains dans les poches, les gilets béant sur la chemise, des députés qui se lèvent à tout instant pour cracher, habitude commune aux pays scandinaves; il est tenté de trouver cela ridicule; mais pour celui qui s'intéresse au mouvement intellectuel des peuples il y a un sujet de méditation dans cette petite assemblée de républicains luttant pour leurs droits. On perçoit à travers les apparences et sous les formes de notre société moderne, une constitution toute primitive, toute patriarchale.

Les vingt-quatre membres de la chambre basse sont tous nommés par le peuple. La composition même de la chambre révèle l'état social démocratique de l'Islande. Il y avait en Août 87 sept fermiers, huit pasteurs, trois médecins, un shérif, un avocat, un instituteur, un journaliste, le gouverneur, et un propriétaire foncier, ayant rempli des fonctions diplomatiques, linguiste et poète.

Tous, à l'exception du gouverneur et de l'ancien diplomate sont radicaux; c'est assez dire la tendance des électeurs.

Le président est un fermier du nord de l'île.

La chambre haute comprend douze membres: six radicaux nommés par le peuple, dont un journaliste, deux pasteurs, trois fermiers ; six membres nommés par le roi, évidemment conservateurs: le maire, un pasteur, le gouverneur du Nord, le recteur du collège de Reykjavik, l'avocat de la cour et le sous-gouverneur.

Déjà on a fait plusieurs lois montrant l'esprit d'initiative et d'indépendance de l'assemblée : ainsi il a été fait une loi disant que les Islandais qui professaient une opinion religieuse différente de la religion d'état et soutenant un ministre pour leur culte, ne seraient pas obligés de payer pour le culte de l'Etat. Cela est d'une très grande largeur d'idée.

La lutte est ardente entre les radicaux et les conservateurs, c'est-à-dire entre le pouvoir central et l'Islande. Les radicaux avaient proposé la révision de la constitution. La loi avait passé haut la main à la chambre basse, elle allait passer aussi à la chambre haute, car le président s'abstenant de voter, il y avait six radicaux contre cinq conservateurs ; mais au dernier moment deux fermiers radicaux, avec cet esprit de lenteur et de réflexion qui caractérise partout les gens de la campagne, repoussèrent momentanément la révision jusqu'à la session prochaine. Il est probable que la révision sera votée alors et il est à espérer que le pouvoir central, sagement inspiré, mettra la main au perfectionnement.

Cette constitution choque celui qui est habitué à notre régime parlementaire, par deux points.

L'intervention du pouvoir exécutif dans la nomination des membres du Parlement, et la quotité de ces membres. Comme toutes les lois votées par la chambre basse doivent l'être par la chambre haute, et que dans celle-ci le gouvernement dispose de la moitié des voix, il est toujours libre de les faire échouer. Il peut encore en dernière ressource refuser la sanction royale. De cette manière cette apparente autonomie législative n'est qu'un jouet d'enfant et ne peut produire aucun effet, si elle est contrecarrée en haut lieu par une mauvaise volonté.

Puis la rencontre dans la même assemblée de gens appartenant à l'administration et nommés par le pouvoir exécutif, et des élus du peuple produit des froissements incessants.

Il est à souhaiter que le Danemark modèle une constitution nouvelle d'après un type plus parfait, qu'il donne une plus grande indépendance au peuple. Les Islandais forment un groupe suffisamment intelligent et organisé, pour n'avoir pas besoin d'être menés en laisse; le gouvernement en les laissant monter à la situation d'état autonome tout en maintenant des liens généraux créerait une situation avantageuse; il s'allierait un état confédéré lié à l'état central par des intérêts communs de négoce et de sympathie. C'est tout ce qu'il peut souhaiter dans la situation actuelle et il lui suffit de voir reconnaître la suzeraineté du Danemark, de garder la sanction royale pour avoir la main haute dans les affaires du pays et l'empêcher d'être livré à quelques ambitieux.

Cependant ces réformes doivent nécessairement se faire en bonne entente, car si le Danemark prétendait récupérer de force une position meilleure, on ne pourrait s'empêcher de rire à l'idée de la tournure que prendrait le seul policier, le seul représentant de la force publique en Islande. On rirait au souvenir de ces trois seuls rifles de Reykjavik que nous avons requis pour chasser le phoque et qui à chaque coup, risquaient de vous crever dans les mains.

On a vu jadis fleurir dans l'organisation judiciaire le jury, qui est d'origine scandinave. Maintenant la justice est confiée aux juges de canton (Syslumen). Il y a 21 cantons. L'appel est devant la cour suprême de Reykjavik, composée de trois membres: le justiciarius et deux assesseurs. Il y a deux avocats revêtu sdes fonctions de ministère public.

La cassation est à Copenhague.

La division administrative se rapproche de la division judiciaire. Il y a quatre arrondissements ou départements, celui du Nord, de l'Est, de l'Ouest et du Sud, dirigés par un gouverneur. Ils se divisent en 21 cantons présidés par le Sysluman.

Le gouverneur de Reykjavik représente l'autorité royale en Islande.............

Nous n'osions pas quitter les environs de Reykjavik de peur de manquer le Camoëns et nous fûmes loger dans une ferme à trois lieues de la ville, où, un ami du guide devait nous avertir à cheval, dès l'arrivée du bateau.

C'était une ferme située tout au fond d'un fiord vers lequel une prairie marécageuse descendait en belle pente verte. Derrière la ferme s'élevait une pittoresque montagne de pierre nue, tout près coulait un torrent profondément encaissé dans des parois abruptes. C'était une retraite solitaire et tranquille où rien ne rappelait le monde extérieur, où l'on aurait pu oublier les agissements des hommes et les raisonnements des livres. Par le fiord que surplomblaient des rochers sombres jusque dans le Golfe des Plaintes, on avait accès à la mer. Celle-ci s'étendait très vaste jusqu'à la Montagne de Neige, dont la cime blanche étincelait au soleil et

289

parfois derrière les rochers, finement atténuée par la vapeur de mer, Reykjavik se montrait avec le gréement des bateaux reposant au port, comme une vision lointaine et grise de la vie civilisée.

La ferme était habitée par une famille patriarchale, qui, dès le premier jour nous traitait en amis. La vieille Kristin, avec un air de mélancolique souffrance, rarement égayée par un sourire, venait parfois nous frapper sur l'épaule, comme à des jeunes gens qu'on aime bien, en murmurant d'inintelligibles paroles de sympathie. Son geste avait une douceur de bénédiction d'aïeule, et dans le fond de ses yeux clairs, on pouvait lire cette pitié bienveillante, qu'ont les anciennes, pour l'inexpérience des jeunes hommes. Son mari riait en nous rencontrant, s'informait de notre pêche avec quelques paroles d'encouragement, et lorsqu'il se trouvait avec sa femme, celle-ci lui passait doucement la main sur la barbe, par un geste d'ancienne tendresse conservée dans leurs vieux jours. Le fils était très raide et froid ; sa fiancée, la fille d'un fermier voisin, était venue habiter auprès des parents comme servante, et toute la journée, ils s'en allaient ensemble travailler aux foins, mais rien dans leurs rapports ne laissait soupçonner qu'ils n'étaient point le frère et la sœur, quoique la date du mariage fut proche.

Trois jeunes filles habitaient la ferme. Ranka, en qualité d'aînée nous servait, elle apportait le café du matin et s'ingéniait pendant la journée à préparer des mets nouveaux avec le produit de notre chasse, de notre pêche et des provisions cherchées en ville. Nous la nommions *Goda* : « Ranka la bonne » tant elle mettait de soin à remplir ponctuellement tous les devoirs de l'hospitalité, à prévenir tous nos désirs comme si c'eut été pour elle une obligation stricte.

Kata, était une fille très rieuse, ayant le véritable type norvégien, la figure ronde, les grands yeux bleus et des cheveux châtains séparés en longues tresses. Quand nous lui disions ; « *Kata skona* » « Kata la jolie » elle faisait une moue très comique et partait en riant d'un éclat qui vibrait par toute la ferme.

Manka étant la plus jeune, était l'enfant gâté de la maison ; ses parents lui permettaient le matin de dormir plus longtemps que les autres et le père, très sévère pour les mettre tous à la besogne, avait de complaisantes inattentions à son égard. Véritable Islandaise, celle-ci, avec sa fine figure, le nez légèrement retroussé et les cheveux d'un blanc cendré que certaines élégantes imitent en les poudrant, lorsqu'elles n'achètent pas des chignons tondus sur les têtes de ces pauvres filles d'Islande, comme certains juifs les exportaient il y a quelques années.

C'était une originale enfant, avec laquelle on discutait tous les jours dans les mêmes termes.

« Bonjour » disait-elle.

— Bonjour, Manka. Avez-vous bien dormi ? »

— Oui, bien. Beau temps aujourd'hui. »

— Pas beau temps. »

— Beau temps. »

— Pas beau temps. » Et comme nos connaissances d'islandais se bornaient à ces mots, elle s'en allait en secouant la tête et en affirmant « beau temps. » Nous la nommions « *Manka god weer*, « Manka beau temps. » Elle passait la journée à la fenaison et avait pour spécialité de rechercher des herbes aromatiques qu'elle liait en bottes pour en parfumer le linge et les habits.

Maintenant, lorsque par un de ces retours de consonnances, qui vous viennent aux lèvres aux heures de rêverie, je balbutie les mots « Ranka, Kata, Manka » le souvenir de ces trois filles du Nord surgit devant moi, comme une vision chaste et tranquille de la vie patriarchale....

A trois heures d'aviron, l'île des Eiders s'élevait
dans la mer avec sa ferme plantureuse et ses repas
copieux. Tout autour de nombreux vols d'eider,
protégés par des amendes contre les coups de fusil
et dont on recueille le duvet. La nuit, comme dans
l'entrepont d'un grand steamer, on y entendait de
la chambre, la voix plaintive de l'Océan, qui, tout
autour, montait sur les galets; et le matin, tandis
qu'on circulait en vêtements de nuit pour procéder
à sa toilette, la servante venait enlever les pantalons
pour les brosser, — naïve impudeur de gens
simples.

Puis c'étaient des descentes sur l'Ile des Maca-
reux, un roc inhabité où ces oiseaux creusent dans
la terre des nids, comme des trous de lapins ou
bien la pêche aux morues avec de grandes lignes.
Les lignes étaient des cordes très longues, terminées
par un gros plomb et un crochet amorcé d'une
moule. Il fallait descendre la ligne jusqu'au fond
de la mer, la retirant ensuite de deux brassées pour
que l'appât pendit à l'endroit où les morues sont
censées nager. Bientôt une secousse tendait la
corde qu'on faisait dansoter dans la paume des
mains, et par brassées rapides, comme on relève
le loch, la ligne était ramenée à bord. Les morues

mordent toujours, très bêtement et en une heure il y a de quoi alimenter la ferme pour plusieurs jours.

Mais ce qui était du plus haut intérêt et prenait les proportions d'un vrai sport, était la chasse aux phoques. On ne peut généralement les tirer, parce que les propriétaires riverains les prennent au moyen de filets, mais dans certains fiords la chasse était permise. Ils étaient d'une espèce incomparablement plus grande que ceux de nos côtes. On partait en barque à la marée montante pour voir arriver les phoques de la haute mer : un point noir d'abord, qui s'avançait vite, très vite. Lorsqu'on les avait aperçus, on les gagnait à forces de rames pendant qu'ils nageaient sous l'eau. Tout d'un coup ils surgissaient aux environs de la barque; il y en avait de luisants, comme s'ils avaient été coiffés d'un casque d'argent; d'autres étaient noirs et très gros : de vrais majors, avec un muffle énorme, des moustaches raides, de grands yeux effarés qui venaient bêtement regarder la barquette avec un air de se demander ce qu'était la barque, cette grosse chose qui se promenait dans leur domaine avec de singulières bêtes dessus. Le meilleur système était d'aborder un écueil à marée basse, les algues y mettaient un tapis visqueux et humide;

couchés derrière les rochers on attendait l'arrivée des phoques; sur la mer, les contours de récif se dessinaient à angles rudes, durs. La marée montait au pied des récifs, se brisant avec fracas contre les arêtes, tournoyant dans les trous, relevant les algues flottantes, couvrant la roche. Elle montait toujours, des marsouins en bande apparaissaient un instant se renfonçant dans les vastes profondeurs inconnues. Une baleine folâtrait à l'horizon, et les phoques venaient se poser sur les îlots voisins ayant ainsi la forme d'un énorme galet rongé par l'eau, avec la tête et la queue qui remuaient. Dans l'eau, — leur élément, — alertes et souples, bêtes superbes; à terre, malhabiles et disgracieuses à donner du dédain.

A part la perdrix blanche que nous n'avons trouvée que dans le Nord et les cygnes du Lac de l'Aigle et des environs du Sable qui Crève, le gibier est si bête à tuer, si peu sauvage qu'on le tue seulement pour améliorer le menu des repas. Parfois on parvient à descendre un oiseau de mer rare, quelque cormoran arctique ou l'aigle marin, un bel oiseau blanc qu'on nomme aussi le pêcheur de harengs, parce qu'il signale sûrement leur présence aux marins en tournoyant au-dessus des bandes qui voyagent.

295

Du côté de la terre, nous allions souvent vers un sauvage torrent qui descendait de l'Esja, et comme pour expier toutes les plaisanteries que nous avions débitées sur les pêcheurs à la ligne, nous prîmes goût à cette pêche. Mais aussi qu'elle est loin de la pêche banale de nos rivières cette pêche à la truite et au saumon par l'adresse qu'il faut déployer et le mouvement qu'il faut se donner. Lorsque le saumon mord, il file comme une flèche dévidant toute la ligne; doucement on remonte celle-ci au moyen d'une petite manivelle tandis que le bambou plie sous les secousses du poisson. Puis la tension devient trop forte, la canne est pliée à casser, il faut laisser filer le poisson qui emploie mille ruses, s'embusque sous les pierres, se précipite dans les trous, tire violemment sur la ligne et lorsqu'il est fort ce n'est qu'après l'avoir fatigué très longtemps, avoir supporté sans faiblir toutes ces secousses qu'on peut le ramener à bord. Parfois après de longs efforts, lorsque la ligne est trop serrée, le poisson se détache emportant l'hameçon et l'espoir d'un bon dîner. Etant novices dans cet art notre capture se limitait à une demi-douzaine de truites par heure; juste de quoi fournir le second plat du soir.

296

Les rivières d'Islande sont très bien peuplées de truites et de saumon, aussi les Anglais y font-ils de magnifiques pêches. A notre départ définitif, l'officier du Caire avait fait transporter sur le bateau sa pêche des deux derniers jours. Il avait une trentaine de truites et de saumons pesant une moyenne de six livres et une truite non saumonée pesant quarante livres. C'était une bête immense qui faisait l'admiration de tous les connaisseurs............

Le fermier nous prêtait ses chevaux à monter, des chevaux de sang, très vifs pour être restés longtemps sans besogne. Le Dimanche nous allions tous ensemble aux offices, escortant les femmes qui aimaient ces promenades équestres et luttaient d'adresse avec le cavalier. La petite église de bois se dressait à côté de la ferme du pasteur, les fermiers venus de deux lieues à la ronde, se reconnaissaient, s'offrant une prise, les femmes s'embrassant sur la bouche. Les chevaux tout sellés sont groupés aux abords du temple et avant d'entrer dans le sanctuaire les femmes enlèvent leur vêtement d'amazone, une longue jupe noire attachée à un corsage grossièrement taillé. Elles sortent de cette ignoble chrysalide, dans toute la fraîcheur du costume islandais, élégantes et gracieuses. Les hommes restent fort longtemps dehors et se décident avec peine à la prière. Le prêtre portait une longue soutane surmontée d'une fraise blanche, et psalmodiait très lentement des hymnes sans fin que les assistants reprenaient sur un ton de lamentable tristesse, avec un air de fatidique abnégation. Le Miserere et le De profundis étant des chansons de plaisir, en comparaison de ces litanies traînardes.

Un soir nous fûmes à Reykjavik, chercher une provision de marmelade. Il était onze heures quand nous quittions la ville. Il faisait noir, il pleuvait, nous mîmes nos chevaux au grand galop traversant dans l'obscurité des marécages, des torrents, des champs de pierre. Ne voyant rien devant soi, il fallait se laisser aller à l'instinct du cheval : les étriers en se rencontrant sonnaient clair, les pierres roulaient sous le galop. Nous arrivâmes en deux heures sans modérer notre allure, demandant toujours au guide : si nous n'allions pas crever nos chevaux.

« On ne crève pas ces chevaux-ci, » dit le guide et jamais nous n'avons été d'un pareil train d'enfer dans une obscurité si profonde. Soudain nous nous trouvâmes arrêtés par une nappe blanche dans laquelle nous forcions les chevaux d'entrer croyant

298

avoir à faire à un vulgaire torrent, mais le guide nous héla pour faire un léger détour. Et bien lui en prit car en repassant parlà, durant le jour, ce n'était rien moins qu'un large bras de fiord, où les chevaux auraient dû nager longtemps. On jouissait de ces excursions comme d'une vraie folie très amusante, mais qu'on ne pourrait se permettre avec les chevaux loués habituellement aux voyageurs parce qu'ils sont trop surmenés. En arrivant, à une heure, le guide avait les mains en sang tant il avait dû maintenir sa bête qui voulait à tout instant s'emporter à travers les pierres.

Un autre jour que nous étions en train de déjeuner dans une vallée herbeuse pendant que nos chevaux pâturaient, un groupe de personnes de la ville vint à passer et nous offrit de nous joindre à eux. On aurait tort de s'imaginer que les habitants de Reykjavik n'aiment pas la joie ; ils dansent beaucoup en hiver et se réunissent en été pour faire des excursions de plaisir. Ils étaient une soixantaine ce jour-là, de cavaliers et d'amazones. Pêle-mêle, on allait à fond de train et les dames lançaient souvent leurs chevaux et étaient fières de devancer les hommes.

De temps en temps on s'arrêtait à quelque

ferme, la nappe était mise sur le gazon, on servait
du café et des gâteaux, tous assis sur l'herbe, tandis
que tout autour les selles étaient jetées par terre,
avec des étriers écartés, des housses et des fouets.
Les hommes se levaient par groupes pour chanter
des chœurs islandais et danois et parfois il y avait
en notre honneur des chansons où l'on entendait le
mot de « Franske » (Français); ou bien de lentes
imitations de la Marseillaise à travers lesquelles on
percevait à peine l'entrain du chant français.
D'autres modulaient des chansons bachiques, qui
faisaient les dames se tordre sur l'herbe, comme de
petites folles.

Puis on se mettait à danser aux sons d'un accor-
déon; les jeunes filles ôtaient leur robe de cheval
pour paraître avec le corsage à chemisette et la
longue floche de la « Hua; » les hommes n'avaient
pas de gibus ni de souliers vernis, mais ils étaient
haut bottés et tenaient à la main le fouet à pom-
meau d'argent.

C'était un spectacle très inattendu et bien étrange.
Jamais à distance, en songeant d'une façon précon-
çue aux habitants de la Terre de Glace, on ne se
serait imaginé cette joyeuse cavalcade. Pittores-
quement, elle se déroulait aux tournants en longue

file, ou bien, massés botte à botte, on galopait comme un escadron serré. C'étaient des rires, de joyeux propos, mais avec un certain calme toujours inhérent aux populations du Nord et sur la tête du cortège, il y avait quelques casse-cous, lançant leurs chevaux à fond de train pour faire montre d'adresse. La conversation était variée, quelques-uns causaient l'anglais, d'autres le français avec une mixture de mots allemands ou danois. On parvenait cependant à s'entendre, car toutes les langues d'une même famille ont des consonnances communes, des types de mots qu'on devine, sans pouvoir en décomposer la structure.

Vers la nuit, après un furieux galop, la marche ralentit. On allait dans la pénombre, en rangs serrés, très lentement, d'une allure scandée comme dans une procession. Maintenant on entendait des chuchottements dans l'ombre, la causerie se faisait côte-à-côte, sur un ton de confidence ; chacun se penchait mystérieusement vers sa chacune pour lui dire des choses que nous ne comprenions plus. Notre situation d'étrangers se marquait maintenant aussi. Dans ce groupe compénétré des charmes tranquilles de la nuit, nous errions comme des exilés, des gens ayant d'autres mœurs, autres sentiments, autre langue et qui ne pourraient faire comprendre leurs sympathies. C'était l'heure où sur les plages bien bâties des villes balnéaires les jeunes hommes plaisantent en une langue choisie les jeunes filles de civilisation raffinée, conversations souples, à demi-mot, avec de fines pointes qui lardent le sentiment et piquent les cœurs de -coups d'épingles. On n'aurait su dire ce que ces Islandais disaient à ces Islandaises, si bas; car nous n'avons pas la notion exacte de ce qu'ils sentent; s'ils causaient d'amour ou de pêche, de baleines ou d'anciens dieux.

Et les voix des avant-postes arrivaient parfois amenant une tombée de refrain ou une fin de phrase. Puis on se sépara à Reykjavik, par groupes et très froidement.

C'est ainsi que ce séjour forcé nous initiait plus intimement aux mœurs du pays. On y trouve certaines particularités inspirées par l'isolement ou les nécessités du climat. Les mœurs sont d'une observation difficile et échappent au commun des voyageurs parce que les uns n'osent affronter les prétendus inconvénients de cette étude, que les autres mus seulement par un but de pêche, ou faisant une traversée trop rapide du pays, n'en peuvent avoir aucune expérience personnelle.

On a dit que les Islandais étaient ivrognes et immoraux ; que dans toutes les rencontres ils s'embrassaient sur la bouche et que l'étranger était obligé de passer par cette pratique peu ragoûtante, qu'ils vivaient dans la plus absolue promiscuité, voire même se couchaient nus, et autres exagérations qu'il serait trop long de relever.

Un jour, en ouvrant une encyclopédie, non, sans le malin plaisir de voir quelles drôleries une encyclopédie pourrait bien se permettre à cet égard, nous lûmes une notice très bien faite, et nous nous étonnions de l'exactitude des renseignements, de la justesse des remarques. Il ne se trouvait qu'une phrase pour les mœurs et dans sa simplicité, elle était exactement vraie. « Les mœurs, comme partout » disait l'auteur et c'était signé: Xavier Marmier.

Les mœurs comme partout, voilà bien la réalité, voilà ce qui se rencontre au fond chez tous les peuples d'une même race avec certaines divergences extérieures, certaines habitudes qui modifient les apparences seulement. A moins que leur nature ne soit profondément viciée pour aller vers ce type uniforme, qui marque les civilisations décadentes.

C'est seulement en pénétrant dans l'intimité de la famille islandaise qu'on parvient à détailler les mœurs. Pour cela il faut un certain courage.

Sauf pour les occupations spéciales que nécessite la vie pastorale, l'élevage des moutons, la pêche, la fenaison, l'Islandais vit toujours à l'intérieur de la ferme. Il n'y a dans la ferme que deux places où il se tient: la cuisine et la badstofa. A la cuisine on ne fait rien que la cuisine, c'est-à-dire que les femmes, chargées des soins du ménage, y préparent les aliments. La cuisine islandaise n'est pas comme dans les autres pays septentrionaux, comme dans les fermes de Belgique et de France, le lieu de rendez-vous de la famille, où l'on vient manger après la besogne, où les femmes travaillent, où l'on se chauffe autour du foyer, le soir, pour fumer et raconter des histoires. En Islande, la pénurie du combustible est telle qu'on peut l'employer seulement pour la confection des repas et cela avec la plus stricte parcimonie. S'y chauffer est un luxe.

D'ailleurs le tirage nécessité pour le foyer établit un courant d'air frais, dont on se dispense avec plaisir, dans un climat aussi rigoureux.

La vie islandaise se concentre donc toute entière dans la badstofa. C'est une chambre unique où se

304

trouvent tous les lits ; il y a plus rarement une seconde salle dans laquelle sont relegués les domestiques du sexe fort. En l'absence du combustible, il fallait résoudre d'une façon nouvelle le problème du calorique. L'Islandais en est naturellement arrivé à ceci : se tenir tous ensemble, nuit et jour, dans la même salle hermétiquement close, y réunir sans aucune perte le calorique humain et s'y calfeutrer. C'est la notion générale de la « badstofa. » Tout autour sont rangés les lits, il s'y trouve aussi quelques livres, une table sous la seule fenêtre qui l'éclaire, des rouets et des métiers à tisser pour la fabrication de la laine et des vêtements. La nuit on s'y couche, le jour on y travaille assis sur le bord du lit, on cause, on lit en commun. A l'heure des repas chacun prend sa portion et va s'asseoir sur son lit pour la consommer.

C'était donc là qu'il fallait se rendre pour voir les mœurs de près. On éprouvait à cela une certaine répugnance, s'imaginant trouver un réduit malpropre, infesté de vermine et nous préférions dormir dans la chambre des étrangers, sur le sol ou sur des coffres.

Un jour, qu'il n'y avait pas d'autres matelas dans la maison, les habitants avaient vidé la place pour se coucher dans les foins et nous fîmes connaissance avec la badstofa. Tout autour de la chambre étaient les lits. C'étaient de grands bacs en bois qui se tenaient, séparés par une planchette, l'oreiller d'un lit touchant les pieds de l'autre. Au fond de la salle se trouvait un rouet, deux grandes pendules se dressaient contre la paroi, marquant l'heure pendant toute la nuit, avec un épouvantable fracas. Un chat circulait de lit en lit regardant avec stupéfaction les figures inconnues. On avait laissé dans une chambre voisine un idiot, qui toute la nuit chantait des psaumes ou des choses drôles de son cru, en ayant l'air de s'amuser beaucoup.

Pauvre idiot, mal soigné qui végétait dans cette ferme comme un animal auquel personne ne prend garde, donnant aux petits le déplorable spectacle de sa dégradation. Il faisait songer à l'un des grands bienfaits des civilisations avancées : l'institution de maisons charitables où l'on recueille tous les malingres de la vie, où on les soigne avec l'abnégation de la fraternité chrétienne.

Les lits avec un matelas d'édredon, des draps propres et d'excellentes couvertures étaient les meilleurs que nous ayons eu en Islande et c'était un vrai plaisir de s'y coucher par comparaison des froides nuits de la tente, sur la terre humide et dure.

Ayant vu depuis, que loin d'être un ennui, on y trouvait les meilleures couchettes de la maison, nous avons passé une quinzaine des nuits dans différentes « badstofa, » juste assez pour voir ce qui en était.

Le lit du maître de la maison, se trouve habituellement près de la fenêtre, à l'endroit le mieux éclairé ; la pendule aussi se trouve dans son voisinage, il dispose de la table qui se trouve à côté de lui. Puis se succèdent les lits de la famille et des servantes ; au fond les lits des jeunes gens et des domestiques.

Aucun emblème religieux n'orne ces salles, aucun objet de luxe, à part quelques boîtes contenant différents objets du maître et parfois de petits miroirs de poche qui, naturellement, pendent près du lit des filles.

Le jour on y vient prendre ses repas et causer, y faire tout ce qui n'est pas de la besogne extérieure ou la cuisine. Le soir, vers dix heures tout le monde se rend à la « badstofa. » On cause quelques instants, on plaisante de choses quelconques et tous se couchent en même temps. On se déshabille au bord du lit, mais cela est loin des notions de promiscuité que l'on y prétend règner. Les hommes gardent tous un caleçon et la chemise, les femmes entrent au lit avec leur jupon et tout se passe avec la plus grande décence.

Sans doute, en descendant dans les fermes les plus pauvres, on pourrait rencontrer une grande malpropreté et un plus grand laisser aller dans les mœurs : le relâchement moral tenant souvent la négligence physique de près ; mais cela serait seulement comme dans certaines petites fermes chez nous, où on respire une forte odeur d'ammoniaque, où les aliments traînent malproprement, où les porcs et la volaille sont élevés avec les enfants de la maison.

Cependant nous ne l'avons jamais vu, même en nous arrêtant dans des fermes inconnues alors que l'heure tardive ou le mauvais temps modifiaient nos projets de logement.

D'ailleurs il faut distinguer les mœurs et la moralité : les mœurs qui sont les habitudes plus ou moins pittoresques des peuples et dont les apparences varient à l'infini d'après le climat et la race ; la moralité qui est la conformité à certains principes stricts.

Un homme du monde, habitué à juger superficiellement les choses, à auner tous les usages à la mesure mesquine de son éducation pourra ne pas comprendre et s'en offusquer ; il dira : le Nord est immoral et relâché. L'observateur impartial, habitué à rechercher la cause des usages, à comparer les mœurs des différents peuples sera d'un autre avis. Il comparera ces mœurs pastorales aux habitudes des classes rurales de son pays, et alors il trouvera qu'il règne dans le Nord une pudeur suffisante ; il ne pensera pas que dans cette vie commune, nécessitée par le climat, on puisse être offusqué par les apparences, se révolter à cette idée que tous couchent côte-à-côte dans la même chambre. Dans la réalité il y verra régner de la retenue, une simplicité de bon aloi certainement aussi morale que le raffinement conventionnel de nos pratiques. Au premier abord il croira qu'il n'y règne que de la simplicité et de l'inconscience ; l'observation quotidienne lui démontrera ces deux sentiments les plus délicats des rapports entre les sexes : la retenue et la discrétion chez les hommes, le sentiment d'une pudeur soucieuse chez les femmes.

Puis l'habitude diminue le danger et le climat

du Nord est fait pour refroidir les passions. Peut-
être durant la longue séquestration de l'hiver, alors
que l'inaction des nuits sans fin prend la place du
travail incessant d'été les mœurs se relâchent-elles
davantage; on ne saurait dire car pour cela il
faudrait passer l'hiver en Islande et passer l'hiver
en Islande on ne peut le faire que par folie d'amour
ou par zèle d'apostolat. Il est arrivé que des
marins français aient passé un hiver en Islande,
mais ils ont pris le premier bateau du printemps
pour ne plus revenir; le missionnaire catholique y
a tenu quelques années.

L'immoralité contre nature ne se retrouve pas
dans ce pays. Il n'y a pas non plus de femmes
publiques et les adultères sont rares. Le divorce
s'obtient par consentement mutuel et ratification
du shériff, (Sysluman).

D'autre part les enfants naturels sont nombreux
pour différents motifs. Les uns sont de vrais
enfants naturels sans union continue des parents et
il arrive souvent de trouver dans les fermes de
petits enfants. Lorsqu'on demande de qui ils sont
les enfants, on répond que ce sont ceux de la
servante et les jeunes filles n'éprouvent aucune
gêne pour répondre à cette question. Ils sont élevés

à la ferme servent aux menues besognes, et ne paraissent entachés d'aucune réprobation. En cela les mœurs paraissent libres et il faut l'attribuer sans doute au manque d'éducation religieuse, à l'indifférence des pasteurs. On doit le rapporter aussi à une certaine moralité qui n'existe plus chez les peuples très civilisés où les principes de la jouissance pure ont remplacé les règles simples de la nature ou les prescriptions plus strictes de la religion chrétienne.

La population d'Islande augmente, la race est prolifique et les fermes regorgent d'enfants, or quand un peuple s'étend il y a là, pour l'historien et l'observateur, un diagnostic certain de sa moralité. Les peuples les plus moraux sont aussi les plus prospères.

Il ne faudrait cependant pas apprécier le nombre des enfants naturels au point de vue de la statistique pure, qui n'est souvent que lettre morte. Beaucoup d'enfants ne sont naturels que d'une façon fictive, à un point de vue en quelque sorte légal. Ils sont issus du commerce constant des parents qui vivent maritalement et fidèlement en commun; mais comme d'une part la loi ne fait pas à ceux-ci une obligation du mariage par le shériff, que d'autre part ils sont très indifférents en matière religieuse et peu influencés par les pasteurs, ils négligent de passer aux cérémonies du mariage. Beaucoup se font marier après avoir eu des enfants. Les hommes se marient de 20 à 40 ans, les femmes de 20 à 25. Les fiançailles durent souvent trois ans, au moins six mois.

Un détail particulier à l'Islande, c'est que les fiancés vont habiter souvent dans la même ferme pendant les fiançailles; le futur s'engage six mois à l'avance comme domestique chez les parents de sa fiancée, parfois même c'est la future qui se déplace, si la besogne s'arrange ainsi. Le mariage se célèbre en grande pompe, on invite les fermiers voisins, la mariée revêt le beau costume de fête, on les bénit à l'église et si les jeunes gens ne vont pas habiter une nouvelle ferme, ils s'installent pendant quelque temps à la chambre des étrangers.

Il existe aussi certaines pratiques qui diffèrent un peu des nôtres. Comme en Norvège, on a la traditionnelle formule de remercîment : une vigoureuse poignée de main avec le merci : Tak. On donne la main dans toutes les rencontres, même aux inconnus et aux domestiques. On s'embrasse toujours sur la bouche et on s'embrasse beaucoup. Les femmes ne se rencontrent jamais sans s'embrasser, les hommes n'embrassent les femmes que lorsqu'ils partent pour une absence de quelques jours ou une excursion lointaine. Le voyageur est dispensé de ces cérémonies parce qu'on le respecte trop pour oser l'attaquer le premier et, à vrai dire, il s'en dispense le plus souvent lui-même car il faut suivre toute la file, à commencer par les vieux et vraiment, la mère n'est pas toujours appétissante et le vieux, avec son nez bourré de tabac, n'est pas toujours engageant. Singulière habitude, que ces continuelles embrassades, chez un peuple flegmatique en apparence et peu porté à l'expansion, comme si pour manifester son amitié, il devait en employer les formes les plus passionnées.

Sans doute aucun peuple en Europe n'a conservé la trace des choses anciennes, au même degré que le peuple islandais; on dirait que c'est de hier seulement qu'il a quitté la terre d'origine, l'Asie centrale, et tandis que les autres peuples d'Europe ont modifié leurs habitudes et leur costume d'après les prescriptions du climat, les besoins de leurs occupations, que les mœurs et les types se sont atténués dans le mélange des races différentes, l'Islandais, lui, est demeuré presque le même, ne se façonnant pas aux nécessités du pays.

Le type est resté le type normand, de taille moyenne, aux yeux admirablement clairs et bleus, à la magnifique chevelure blonde; les femmes sont rarement belles, mais souvent, lorsque la peau n'est pas devenue dure et luisante au contact de la bise, elles ont cette charmante carnation du Nord, une opulente chevelure blonde qui flotte en tresses sur le dos et de grands yeux bleus, très doux. Toutes aussi conservent l'élégance et la souplesse naturelle de la taille parce que la besogne légère de leur vie pastorale, une vraie besogne de demoiselle, ne les déforme pas comme les populations asservies au dur travail de la glèbe.

Le type est resté si pur que les mariages entre proches parents sont fructueux, et c'est à peine qu'il se rencontre dans le Sud quelques traces de sang irlandais et dans le Nord une ou deux fois, nous avons vu des vestiges de sang mongol. Dans le nord de la Norvège, à Bergen même, on voit souvent des pêcheurs ayant les yeux et les cheveux noirs, le nez épaté; ceux-là ce sont des enfants de Lapons ou d'Esquimaux, les descendants d'une race venue par le Nord et ayant conservé dans leur vie nomade des ressemblances avec l'Orient. Des farceurs, qui se décorent du nom de savants, les font descendre d'un anthropoïde, pardon du mot, d'un enfant de singe qui a émigré de la France dans le Nord ; tandis que nous autres nous serions les enfants d'un autre singe, d'un autre anthropoïde qui est venu en voyage de l'Orient. Et lorsque le profane qui aime les choses simples, rencontre ainsi une fille aux yeux noirs et à la chevelure d'ébène, il ne peut s'empêcher de rire, en songeant à cette rencontre des descendants de deux anthropoïdes différents, ayant cependant les mêmes notions de responsabilité, un cœur qui bat des mêmes sentiments et il trouve les savants bien drôles, ma foi, bien drôles.

Dans la vie de l'Islandais on trouve aussi des comparaisons à faire; comme le Bédouin, il vit aisément sous la tente et voyage toujours à cheval.

Le costume surtout frappe : une chaussure qui ne monte pas jusqu'à la cheville, en peau de mouton ou de phoque ; une vraie babouche turque, cousue d'une seule pièce, sans semelle, et qui ne conviendrait que pour un pays chaud, pour des plaines sèches et unies. Une chaussure si élégante et si légère est précisément le contraire de ce qu'elle devrait être en Islande, où, on ne peut faire un quart de lieue sans se heurter à un champ de lave, sans passer un torrent ou un marais. Et le costume des femmes?

Le corsage s'échancrant en forme de fuseau sur une chemisette blanche et laissant le cou découvert; leur jolie coiffure qui est une toque grande comme une soucoupe avec une longue floche de soie, quelque chose comme un bonnet turc plus plat et en noir, ou comme la coiffure des femmes grecques.

La coiffure des jours de fête est plus originale encore; sur une robe relevée par de belles broderies d'or, on coiffe un casque de soie blanche cerné d'un diadème d'or ou d'argent au-dessus duquel s'étend un grand voile de mousseline blanche et l'on peut s'imaginer d'ici, cette légère et poétique coiffure de pays chaud, par le vent et la neige d'Islande.

Tout cela ne serait pas déplacé au 30e degré de latitude.

Lorsque les femmes sortent, elles s'enveloppent toute la tête et les épaules d'un grand shall; on ne voit plus alors que leurs beaux yeux bleus d'une inexprimable douceur et elles donnent l'étrange impression des jeunes filles qui se drapent ainsi dans leurs mantilles au sortir d'une soirée ou des énigmatiques dames persanes. Ce n'est certes point parce qu'elles sont frileuses, car on les voit vaquer toute la journée, tête nue, à leur besogne et elles font ainsi l'effet de ces filles campagnardes, halées par le rude soleil des champs, qui le dimanche se promènent avec un petit parasol. Ne faut-il pas y voir plutôt un vestige inconscient et lointain des notions de la pudeur en Orient, où les femmes ne pouvaient sortir sans se couvrir le visage?

Déjà nous avons signalé les rapports entre les sexes, la position sociale de la femme, différente de celle que nous lui accordons. L'art aussi a gardé des traces nombreuses de l'origine lointaine, on y retrouve l'Inde ; on la retrouve aussi dans la division du temps, non en heures selon notre mode, mais en quarts de journée selon l'habitude orientale.

Les noms de famille se forment d'une façon très primitive. A vrai dire, il n'y pas de noms de famille en Islande; les enfants prennent le prénom de leur père en y ajoutant son (fils) ou dottir (fille). Jon aura un fils et une fille, le fils se nommera par exemple Bjarni Jonson et la fille Sigridur Jonsdottir. Bjarni Jonson aura pour fils Sigurd Bjarnason et ainsi de suite sans que le nom de famille dépasse jamais une génération.

Les rares noms de famille transmissibles sont étrangers (Danois, Irlandais, etc.) ou bien ils sont une corruption de la forme primitive en changeant le *son* en *sen* comme dans Jonsen.

La langue aussi est restée très ancienne; ils ont conservé l'idiome scandinave tel qu'il était vers l'an 1000 et c'est vers eux que le linguiste doit remonter pour retrouver les liaisons primitives entre les langues aryennes. Les voyageurs anglais sentent des analogies avec l'antique idiome écossais, on en trouve aussi avec les plus anciens idiomes flamands, beaucoup de mots islandais offrant dans la prononciation, une foule d'analogies avec l'ancien patois des côtes de Flandre. La langue est très riche : ainsi il y a une grande variété de vocables pour désigner tous les accidents physiques du pays, la forme des montagnes, leurs passages, leur nature. — Il existe un mot spécial pour désigner la queue de chaque espèce d'animal : on ne nomme pas de la même façon une queue de cheval, de chien ou de porc !

Dans leur littérature, se sont conservés intacts les monuments de l'ancienne épopée germanique. On retrouve l'antique mythologie scandinave dans leurs sagas et lors que les Allemands eurent perdu presque toute trace de leurs Niebelungen, illustrés récemment par Wagner, on les a retrouvés en Islande, perpétués comme au jour de la première immigration des Normands.

Tout cela provient de plusieurs causes, la circonstance géographique d'habiter dans une île, le caractère normand tenace dans ses mœurs et le régime pastoral qui favorise et exagère la tradition.

En gardant certaines qualités ineffaçables de race, leur caractère s'est modifié sous la pression des circonstances. Le caractère d'un individu change sensiblement sous les influences capitales qui gouvernent sa vie et malgré des tendances qu'on retrouve dans tous ses actes, l'attitude extérieure se modifie; comme chez les gens originairement gais, que le malheur et la déveine poursuivent et assombrissent. Les peuples aussi en se transportant sous une autre latitude, en subissant l'influence de doctrines nouvelles, de la misère ou du bien-être, transforment leurs habitudes. Mais, ce qui est chez l'homme une question de mois, souvent de jours, est affaire de siècles pour les races.

En remontant aux origines on trouve le récit de luttes sanglantes et de virils combats. On pourrait croire que ces antiques épopées ne sont que les légendes d'un peuple dont l'imagination a donné aux héros des habitudes de lutte et de courage précisément, parce que ses habitudes à lui, étaient pacifiques, n'était l'histoire des autres peuples démontrant comment les races ont perdu ailleurs leur vigueur première.

Lorsqu'ils abordaient l'Islande, les Normands venaient d'un climat relativement tempéré ; ils étaient gens ayant encore des mœurs barbares, habitués dans le régime de souveraineté morcelée de leur pays, à défendre leur indépendance réciproque, les armes à la main. C'étaient même les plus ardents et les plus indomptables d'entre-eux, car vaincus par Harold-aux-Longs-Cheveux ils préféraient s'exiler plutôt que de subir le joug. L'isolement de leur île, l'indépendance complète dont ils jouissaient ne devait pas contribuer peu à rendre leur caractère plus farouche. Bon sang ne ment pas, et navigateurs déterminés, ils descendaient vers le Sud, piller et rançonner les peuples de l'Europe, mal organisés à cette époque pour résister aux rapines. On les a vu descendre jusqu'à la capitale de l'Angleterre, détruire le pont de Londres et des auteurs américains leur attribuent la découverte du Nouveau-Monde, avant Christophe

Colomb. Il a paru à New-York pendant l'été 87, un volume pour établir cette découverte.

Ainsi ils trouvaient dans cette vie mouvementée, un moyen de subsistance et une excitation toujours nouvelle pour leur caractère passionné. Habitués à manier les armes, les portant toujours sur eux il était naturel qu'ils en vinssent à décider toutes les difficultés par le combat sanglant. C'était la pleine floraison des institutions barbares, des exécutions cruelles, des duels, des disputes de clan.

Mais, peu à peu, l'Europe s'était organisée pour la résistance et ces aventuriers du Nord ne parvinrent pas à continuer leur vie. A part ceux qui se livraient à un commerce honnête, ils durent se replier sur eux-mêmes et demeurer chez eux.

Lentement, ils oublièrent ces excursions lointaines et en perdirent le goût, car le besoin de l'aventure et du voyage sont des passions qui loin de se satisfaire, se surexcitent par l'habitude. L'introduction du christianisme en remplaçant la sauvage mythologie scandinave, vint adoucir les mœurs. Ils s'adonnèrent à la vie pastorale et toutes leurs occupations convergèrent vers ce but. Le régime pastoral avec son travail facile et régulier par l'habitude de la vie de famille dut nécessairement faire subir une influence bienfaisante. L'Islandais y devenait plus rassis, y acquérait des habitudes casanières, des pratiques de vie facile et de routine.

Plus tard, quelques-uns conservent encore le goût du voyage ; ils prennent part aux croisades, vont à Rome, suivent en France, en Angleterre et en Allemagne les cours d'universités célèbres. Presque tous les évêques catholiques étaient éduqués de cette façon.

D'autre part le rude climat polaire devait les impressionner à la longue ; les perpétuelles nuits alternées d'une journée sans fin, les neiges de l'hiver, l'aspect désolé du paysage, la solitude détrempèrent sur le caractère, et lui donnèrent cette mélancolie qui se manifeste jusque dans le son de voix et dans les gestes des peuples septentrionaux.

Des calamités incroyables vinrent attrister la nation ; ce furent des épidémies qui dévastèrent toute l'île, des éruptions volcaniques qui rendaient le sol stérile, des tempêtes de neige qui détruisaient le bétail et lorsqu'ainsi il survient périodiquement un de ces désastres qui déciment un peuple, il lui en reste, avec le récit des malheurs, un vague sentiment de tristesse.

Toutes ces circonstances ont formé l'Islandais actuel : tenace dans ses mœurs, froid, doux et hospitalier. Cependant il n'est point comme le pêcheur perdu des côtes de la Norvège, car celui-là porte sur le visage l'empreinte d'une sombre abnégation et jamais le rire n'effleure ses lèvres. Comme le Norvégien des contrées propices, l'Islandais est rieur, il l'est même davantage. C'est qu'il a la vie facile, et sans soucis. Vivant à l'intérieur des terres il est en continuels rapports avec les fermiers voisins, surtout il a le cheval qui met dans sa vie du mouvement et de la distraction. Et tout son extérieur est celui d'un être content de son sort mais qui en jouit, en homme du Nord, tranquillement et sans exubérance.

Peut-être à cause de l'abordage plus fréquent des bateaux les mœurs perdront-elles de leur simplicité, l'hospitalité passera-t-elle de mode mais le climat et la nature du sol leur imposeront toujours une même manière de vivre; ils n'y trouveront pas de ressources suffisantes pour acquérir du numéraire, faire des routes et améliorer les prairies : opérations que d'ailleurs l'hiver se chargerait régulièrement de détruire. La pêche seule semble pouvoir leur ouvrir des voies nouvelles, mais encore faudrait-il du capital pour acquérir des bateaux.

Au demeurant c'est un peuple intéressant à visiter et de relations agréables. La nature dans laquelle il vit est belle aussi. Lorsqu'on résume ses impressions sur l'Islande, on doit avouer que le paysage est parfois monotone, car même le sublime lasse, que pour le voyageur rompu aux beautés du Nord, on rencontre peu de paysages ayant cette grandeur qui en fait un endroit unique du globe, un de ces points saillants qui symbolise tout un voyage.

La grotte de Surt, la côte de l'Ouest et le Nord-Est ont ce caractère génial inoubliable qui les classe à part dans les paysages; mais toujours il y a, une admirable pureté d'air, des teintes d'une exquise délicatesse, l'horrible désolation d'un paysage dévasté par l'action volcanique avec de furieux torrents et de sombres perspectives sans arbres, sans animaux, sans vie. Surtout, il y a le mode de voyage, sortant du commun, le charme étrange de la vie polaire avec la fascinante vision d'un jour continu, d'un soleil qui ne descend plus sous l'horizon. Les longues excursions à cheval, la vie nomade sous la tente, les privations et les fatigues de la route pimentent les traversées les plus

monotones et celles-là même qui semblent dures,
deviennent un exquis souvenir.

Nous étions tellement faits à l'idée de ne pas voir
arriver le bateau que nous ne songions presque
plus au départ. Les premiers jours, lorsqu'il était
annoncé pour le lendemain, nous nous préparions
à quitter l'Islande, nous séparant avec une certaine
mélancolie, de toute chose. Le paysage prenait un
charme nouveau et profond, car pour la dernière
fois nous voyions ces aspects du Nord d'une beauté
si troublante, avec la certitude de n'y revenir
jamais. On passait par la cuisine une dernière fois
et on mangeait une grande assiette de « skyr » en
guise d'adieu, se disant l'un à l'autre ; « çà, c'est le
dernier skyrre d'Islande ! »

Mais lorsque cela s'était passé ainsi une couple
de fois, que le bateau n'arrivait pas, on trouvait
bête de se donner ainsi des émotions et l'on n'y
pensait plus. Nous devions encore aller pêcher le
saumon le lendemain, et nous avions des projets
pour une quinzaine de jours au moins. Soudain
on annonça que le bateau venait d'arriver; le temps
de serrer la main à tout le monde, de sauter à
cheval et de gagner à fond de train Reykjavik.
Deux heures de courses, d'adieux à faire et il

325

était dix heures lorsque nous fûmes au bateau.

Quelques gens de connaissance nous accompagnaient. Au loin, Reykjavik, se manisfestait dans la nuit par quelques pâles lumières. Sur le bateau, les émigrants chantaient et dansaient.

Ils étaient heureux, eux, de quitter la patrie, le pays de leurs aïeux et de leurs sagas et nous autres, étrangers à cette terre, venus là on ne sait par quel besoin d'aventure, il nous en coûtait de partir.

Nous songions pensivement à cette terre sauvage et attirante, à cette société primitive ayant conservé tous les charmes de la vie pastorale, à cette république où tous étaient égaux et libres sans aucune distinction sociale. Puis, sur un ordre du capitaine, les émigrants durent se retirer à fond de cale et c'était pour eux, le premier commandement de cette dure vie d'exil qu'ils allaient mener, le premier apprentissage des restrictions sociales. Le bateau rentra dans le calme, la barquette fut préparée et après une dernière poignée de main ils y descendirent, Thorgrimur avec lequel nous avions eu deux mois de bonne vie commune, Manké, qui nous avait accompagné pour chasser le phoque.

La barque s'enfonça dans le noir, mais par une

dernière étrangeté de cette nature islandaise où tant
de choses sont merveilleuses, les rames battaient
une mer phosphorescente, à chaque coup d'aviron
c'était une lueur étrange qui devenait toujours plus
pâle et la barque laissait un sillage d'or, qui com-
mençait à se rétrécir au loin.

Alors des voix parvinrent du milieu de cette
lueur, des voix déjà lointaines et effacées qui nous
criaient le beau salut de là-bas : « *Komid sœlir* »
Adieu, soyez heureux!

« Adieu, soyez heureux! »

TYPOGRAPHIE DESMYTER, DIXMUDE.

www.ingramcontent.com/pod-product-compliance
Lightning Source LLC
Chambersburg PA
CBHW050155030726
47505CB00005B/1387